U0938046

陳舜臣

陈舜臣随笔集

桃李章

〔日〕陈舜臣　著
齐膺军　译

中国画报出版社
CHINA PICTORIAL PRESS

图书在版编目（CIP）数据

桃李章 /（日）陈舜臣著 ; 齐鹰军译. -- 北京 :
中国画报出版社, 2019.1
（陈舜臣随笔集）
ISBN 978-7-5146-1691-0

Ⅰ. ①桃… Ⅱ. ①陈… ②齐… Ⅲ. ①杂文集—日本
—现代 Ⅳ. ①I313.65

中国版本图书馆CIP数据核字（2018）第235804号

桃李章

[日]陈舜臣 著　齐鹰军 译

出 版 人：于九涛
责任编辑：李　媛
责任印制：焦　洋

出版发行：中国画报出版社
地　　址：中国北京市海淀区车公庄西路33号　邮编：100048
发 行 部：010-68469781　010-68414683（传真）
总编室兼传真：010-88417359　版权部：010-88417359

开　　本：32开（787mm×1092mm）
印　　张：9.5
字　　数：151千字
版　　次：2019年1月第1版　　2019年1月第1次印刷
印　　刷：北京通州皇家印刷厂
书　　号：ISBN 978-7-5146-1691-0
定　　价：68.00元

目录

关于书名

起名字是一件非常困难的事情。如果是给儿子、孙子起名字的话，我想我应该担负起这个责任。当一个人成为人之父母，需要给别人起名字的时候，就会变得特别的谨慎。而往往越谨慎就越起不好名字。名字将会伴随人的一生，所以给人起名字时难免会紧张。而且，越是责任感强的人起名字时就越容易不知所措。

自己作品的名字，无论好坏都得自行处理。翻开以前的作品，其中既有自己非常满意的，也有不尽如人意的。翻看别人的著作名称也是如此。有些著作的名字起得让人钦佩，有些则让人百思不得其解，甚至有问他到底是出于何种想法的冲动。

对于古人著作的名称，笔者也有个人的好恶。宋代晁补之（1053—1110）的诗文集《鸡肋集》属于本人比较欣赏的一类。

“鸡肋”这个词出自《后汉书》或者《三国志》的注解，是曹操（155—220）的言辞。建安二十四年（219）三月，曹操自长安出斜谷，临汉中，进阳平。刘备据险而守。五月，曹操引军还长安。这是正史《三国志》的记载，十分简略，读起来平淡无奇。

由于过于简略，所以没有注解的正史《三国志》是很难读懂的。《三国志》究竟何年成书，至今仍无从得知。作者陈寿卒于公元297年这一点是非常清楚的。陈寿死后大概130年后，一位名叫裴松之的人为《三国志》做了详细的注解，使得《三国志》更加易于理解。

上文中提到曹操三月进军汉中，五月撤军还师。在此期间发生了什么，《三国志》中并无明确记载。可以肯定的是，曹操应该是蒙受了很大的损失才不得已而撤军的。

裴松之在这段记述的下面，引用了《九州春秋》中的内容，注上了如下逸事：

曹操意欲撤军，但只是随口说了一句“鸡肋”。部下众人皆不知何意，唯有主簿（书记）杨修一人在做撤退的准备。于是有人问其缘由，杨修说：鸡之肋骨，食之无肉，弃之可惜。主上说的是汉中之地如同鸡肋，没有必要耗费巨大的代价去占领它。也就是说，咱们肯定是要撤退了。

杨修说的是曹操以“鸡肋”二字暗示撤退。

鸡肋之所以弃之可惜，是因为它可以用来熬汤。

晁补之将自己的诗文集命名为《鸡肋集》，想必是要表达“弃之可惜”的心情吧！虽不是什么惊人的创举，但这个题名颇值得玩味。不过，也有人能从这个题名中感受到作者强烈的自负。

鸡肉的美味可通过舌齿感知，美味的汤汁则需要少放作料。而食材用什么、烹饪多久以及使用何种特别作料，知者自知。

我想，晁补之的《鸡肋集》包含如下深层含义：“我的作品‘只可意会不可言传’。不可以直接领会，需要有相当素养的人仔细品味方可参悟其中妙趣。”晁补之的晚辈庄绰与其相识，亦将自己的文集命名为《鸡肋集》。这近乎于盗用，但也可看出这位晚辈对前辈所选的书名十分钦佩。

“虽然没什么大不了的，但是弃之可惜”，《鸡肋集》想必是以此立意命名的。想出这个名字的作者晁补之绝非二流文人。17岁时，晁补之在其父任地杭州作文一篇，咏叹当地风光。据传，时任杭州地方长官的苏轼（号东坡）读其文后叹曰：

吾可搁笔矣！

这句话可以这样理解——居然出现了文采如此了得的少年，我苏轼可以退出文坛了。苏轼以这样的方式表达了对晁补之的赞赏。

晁补之非常崇敬陶渊明，他将自己的家命名为“归来园”。“归去来兮”出典自陶渊明的《归去来兮辞》。这首陶公的田园诗距晁补之的时代有六百余年。晁补之将自己所居草庵命名为“归来园”，又将自己的号定为“归来子”，可见他是何等推崇陶渊明。

《宋史》对晁补之赞赏有加：“才气飘逸，嗜学不倦”“其凌丽奇卓出自天成”。可见，晁补之天赋异禀。

《鸡肋集》共七十卷，不仅有风雅的诗文，还有政治性文章。这多少会让人感到意外。谁会想到“归去园”的“归来子”竟然会写政治性文章。其实，中国文人都兼具官僚属性，陶渊明也不例外。中国文人对政治是抱有责任感的。晁补之亦是如此。

苏东坡对晁补之赞赏有加，苏诗中有这样一句：

官如鸡肋……

可见，做官对文人来说也并非不可或缺之事，但不做官他们又会感觉“弃之可惜”。首先，文人需要通过做官获得稳定的生活以及各种各样的特权。登阁临风、吟诗作赋等风雅之事并不属于普通百姓，他们是没有这个闲情雅致的。

如前所述，“鸡肋”这个词语之所以为人熟知，是源于曹操汉中之战的一个小插曲。前文也曾提到能够参悟曹操所言之意的人只有主簿杨修。即便是悟出曹操所言“鸡肋”的真正含义，杨修当时也只是揣着明白装糊涂。或是他本人并无意让曹操知晓自己的聪明。但杨修回去后马上做撤退的准备还是传到了曹操的耳中。曹操大概也是通过此事见识了杨修的才华。

世上有很多让别人认识自己才能的方法。杨修以聪明的头脑让曹操认识了自己，可惜他的下场并不好，下场不好也正是因为他太聪明了。曹操认定杨修是一个“不可不防之人”，汉中之战后不久，曹操就杀掉了杨修。

杀掉杨修的次年，曹操离世，其王位继承问题十分棘手。曹操的长子曹丕和三子曹植都是很有才华之人，王位继承人问题主要围绕这二人展开。曹操本人想立长子曹丕为储，但也有一段时期对三子曹植的文才赞叹不已，并对曹植给予了超乎寻常的关爱。因此，一时之间三子曹植身边献媚之人云集。这些人不仅是献媚，还谋划要将长子曹丕拉下马，进而扶植曹植登上大位。

曹操肃清了曹植身边的献媚之人，从根本上斩断了祸根。曹植身边的人有的久负盛名，如文人丁仪、丁翼二兄弟。曹操思考再三后，并没有杀掉这二人。然而，曹操却杀掉了杨修。杨修通过“鸡肋”展示了智慧，同时也暴露了自己的命门。既然要从曹植身边选出典型杀一儆百，那就选这个“不得不防之人”吧！相信曹操杀掉杨修不仅是因为“鸡肋”而已。杨修不单参透了“鸡肋”的含义，还提前做好了撤军回程的准备。从这一点看，他的做法是否有些过头了呢？搞清楚这一点，他为何成为曹操眼中的“不得不防之人”也就不难理解了。

给作品命名，有人擅长，有人不擅长。我的同行也是如此，他们对某人赞许道：“那个人竟然起出了这么好的书名！”当得知实际是编辑给起的书名后，又奇妙地会心一笑：“怪不得呢……”

有意思的书名好像是出自讽刺的精神，而且丝毫不显得别扭。鲁迅认为："讽刺的生命在于真实。"

鲁迅是给作品起名的高手，可能是因为他具有十足的讽刺精神吧！在日本留学期间，鲁迅开始了文学创作，先是写一些小说、评论、杂文类的文章，渐渐有了名气，作品也积累到可以结集成书的程度。每到一个阶段，他就亲自编集自己的作品，给自己的作品集起一个恰当的标题。但是，他的作品并没有完全收录在他亲自编选的文集中。有人计划将鲁迅尚未收录的作品结集成书，此人就是他的朋友杨霁云。鲁迅未收录的作品大致完成于1903年至1933年，历时大约30年。这些作品从未被任何文集收录过。从数量来看，恐怕连鲁迅本人也会大吃一惊。

鲁迅将这本书命名为《集外集》。这些作品未见于之前的任何文集之中。这些文章以随笔、诗歌、序文、跋文为主，是名副其实的"集外之集"。当然，即便是这部"集外之集"也未能将鲁迅的所有作品囊括其中。

鲁迅本名周树人，鲁迅只是他的笔名之一。此外，他还用其他笔名创作了很多作品。彼时中国政局动荡，发表个人意见很可能会招来杀身之祸。所以，匿名写作不失为自我保护的一种方式。更换笔名创作也不应被视为胆怯懦弱的行为，我们大可将隐匿真实姓名写作视为斗争的需要。鲁迅的很多笔名都是根据当时情况临时起的，因此要把鲁迅的文章一网打尽是非常难的。鲁迅本人应该可以辨别出自己所写的文章，所以最好的办法是他本人编集自己的文集。鲁迅晚年确曾致力于这项工作，但尚未完成就辞世了。去世之前，鲁迅已经把这部文集命名为《集外集拾遗》。鲁迅死后，这项未竟的事业由遗孀许广平和朋友们继续进行。经过不断的增补，这部作品集于鲁迅去世后两年（1938）问世。这样一来，未收入集中的只剩下鲁迅自己都遗忘的作品了。当然，还有一些不知道该不该收入的文章也未能入选。《集外集拾遗》中收录了一些可能不是很有价值的文章。鲁迅的朋友在编集文集时遇到了一些不知道该不该收入的作品，经过甄选，他们选择尽量将其收入文集之中。之所以采取这样的编集方式，或许是觉得这些作品“弃之可惜”吧！也就是上文中反复提及的“鸡肋”问题。

《集外集》《集外集拾遗》最大的收获莫过于鲁迅的诗作。这两部文集收录了一些鲜为人知的诗作。传统体裁的诗讲究平仄、押韵、对仗等规则，日本称中国传统诗为“汉诗”。鲁迅年轻时经常创作“汉诗”。这些诗歌多为赠予他人而作，后来不知什么原因被他慢慢遗忘了。有不少诗歌是因为要编撰文集而后来回想起来的。其中，《集外集》中共收录了14首古诗。《集外集拾遗》中则收录了28首古诗。也就是说，鲁迅共为我们留下了42首“汉诗”。

鲁迅是一位认真写日记的人，给别人赠诗时，他会将该诗全文记入日记之中。不过，鲁迅在编集《集外集》时好像忘记了日记中记有汉诗这回事。鲁迅通过记忆为我们“复制”了这些曾被淡忘的诗歌。换言之，他并没有真正忘记这些诗歌，只是忘了将这些诗写在日记中而已。

最初，我是不相信有这样的事情的，但笔者也是经历过鲁迅那个时代的人，所以仔细想想也是能够理解的，甚至可以说是感同身受的。眼前的墙上明明写着斗大的字儿，可是就是忘了看，或许这就是所谓的“灯下黑”吧。

鲁迅标榜革新，创作古体诗（即“汉诗”）多为娱乐之作，有一些则是为了赠答友人。有时为了平复高昂的情绪，他也会写一写古诗。这些即兴之作大多没有保留原稿，随着时间的推移，有些古诗已被他逐渐淡忘。其后，为了编撰文集鲁迅曾回忆以前的诗作，但从记忆里回想出来的诗句与原作会略有差异。与日记中的原诗作相比较后，我们很容易了解这一点。例如，在赠日本友人一诗中，鲁迅将“海国”忆成了“远国”。

鲁迅的汉诗题目略显平淡，以“赠……”“游……

地”“偶成（意为偶然写成）”之类的题目为主。其中，还有很多诗名为“无题”。鲁迅的42首古体诗中，“无题”共10首，“偶成”4首，“赠某人（含送别之意）”则占了7首。

古体诗的题目一般并不醒目。有人认为，如果作者构思奇特，往往会在诗中加以表达。一般说来，如果古诗的题目过于夸张，会产生喧宾夺主的效果。还有很多古诗采用诗中的首句作为标题。例如，《日出东南隅》这首诗就是以首句为题的。

最初的古诗应该是没有标题的。随着诗歌数量的增加，为了有所区别，才产生了以首句为标题的现象。到了唐代，与佛教相关的古诗《寒山寺》据传有三百余首，均没有标题。

自从编集《集外集》开始，鲁迅创作的古诗日渐增多，想必是在回忆旧时诗作的过程中，又重新燃起了诗心吧。

1931年柳原白莲女士与其夫宫崎龙介拜访鲁迅先生，鲁迅为二人分别赋诗一首。这两首诗均被收录于《集外集拾遗》之中，皆为无题诗。

白莲女士为柳原伯爵的次女，大正天皇的表妹，出身名门且美艳盖世。她离婚后与比她小七岁的宫崎龙介（孙文的挚友宫崎滔天的长子）私奔，在日本引起了轩然大波。

雨花台边埋断戟，莫愁湖里余微波。
所思美人不可见，归忆江天发浩歌。

雨花台位于南京的南郊。相传6世纪时，因灵光法师在此讲经感动天地，空降花朵而得名。此地出产美丽的雨花石，但在鲁迅生活的时代，这里曾为刑场。断戟是指折断的兵器，喻指因反体制而被处以极刑的革命家。莫愁湖是南京郊外的湖泊，莫愁也是古代美女的名字，她于6世纪时自洛阳嫁到南京。

屈原的代表作《楚辞》中，“美人”象征着理想式的人物，多表达急切盼望救国圣人出现之意。

望美人兮未来，临风怳兮浩歌。……

公元前3世纪爱国诗人屈原曾如此吟唱。所谓“浩歌”，即放声吐露感情之意。

鲁迅对屈原的诗心领神会。美人是救国英雄的象征，他的眼前也真正出现了一位勇于挑战世俗的美女。

鲁迅称赞白莲女士说："中国不存在像您这样的女性，要是中国有像您这样的女性的话……"

鲁讯一面哀叹中国没有出现"美人"，一面将目光投向江天——扬子江与天空的交际，大声放歌。这些诗歌是他作品的有机组成部分。

因为是收录文集之外的文章，故以《集外集》命名。当然，不用特别讨论这件事情也未尝不可。我的本意是将其作为个人的一种推理，或者说本人非常喜欢推理而已。或许有些跑题，敬请大家谅解。

鲁迅的出生之地为绍兴，距绍兴不远之处有一座大城市杭州。12世纪到13世纪，杭州曾为南宋的首都，也可以说杭州曾为世界的中心之一。马可·波罗的《东方见闻录》中也有关于杭州的记载。杭州有一湖名曰西湖，是一处名副其实的风景名胜。湖畔以烹饪虾蟹（西湖特产）而闻名的饭店鳞次栉比。有几家老店古风犹存，这些老店无论是招牌还是店铺都古香古色、原汁原味。最有代表性的要数"楼外楼"和"天外天"等酒楼了。因店名与生意直接相关，这些店名应是经过仔细考虑后而定下的。鲁迅年轻时应该听说过这些商家的名号。

上述两家店名中间皆有一个"外"字，两边配以相同的字，不仅独特，还便于记忆。

因此，我想将这个以随笔为主的集子定名为《录外录》[1]。说实话，这个想法也是撰写初稿的前一日才勉强拿定的，我本人属于不擅长起名字的那一类人。

从作品名称来看，这部文集颇有鸡肋之嫌，实际上则并非如此。我是一名小说家，创作作品之前要广泛地收集整理素材，但这些收集来的材料却未必完全派上用场。作品中用与不用，好像并不能以它是“鸡肉”还是“鸡肋”来判断。基本的原则是看材料是否能够很好地服务于作品，要据此来取舍。有些材料对于我本人来说爱不释手，但由于与作品主旨不符，所以只能忍痛割爱了。

我的这些所谓“录外”的文章，绝大部分都是与之前作品关系较小的内容，或者是毫无关联的内容。但从内容本身来看，这些文章并非都是“食之无味，弃之可惜”的鸡肋，有一些是很想另寻机会使之“重见天日”的内容。可以说，我就是基于这个想法将此书定名为《录外录》的。进一步说，只有这个题目才使我能够放心地“信笔由缰”，也只有这个题目让我觉得内容和书名相得益彰。

1　本版书名为《桃李章》。——编者注

将该时代的主要著作记载于史书之中的习惯始于《汉书·艺文志》。遍查古籍可知，公元前的中国古籍以“录”为题的极为稀少。而“记”“传”“经”“书”“说”则比较普遍。而年表、编年史则以“春秋”为多。所谓《李氏春秋》即为李氏的年表，《虞氏春秋》即为虞氏的年表。

最多的情况是直接使用作者的姓氏，因此以“子”命名的书很多。子是相当于“Mr”的一种对男子的敬称，姓孟的称为孟子，姓孙的称为孙子，他们所写的著作直接以其姓名称呼。

总之，那个年代的著作名称都极为简洁，以二字、三字及四字（诸如《李氏春秋》）为主。那个时代没有纸，著作都写在竹简或木简上，极为重要的地图则绘在绢上。竹简和木简所占体积相当大，所以没用的事尽量不写。至于书名，那个时代应该是不欢迎较长的名称的。翻阅《隋书·经籍志》可知，公元6、7世纪纸张才开始普及。各种著作名称也开始出现长名称，书名中也悄然出现了“录”字的身影。

雁门之人

外国的日本文学研究者论及日本文学时，通常会认为：“传统的日本文学史存在很大的缺陷。”他们指出，明治时代以前日本文学的主流为汉文体系，这就是日本文学的先天不足之处。诚然，明治以前从属于汉文体系的诗文在日本曾极度盛行，其影响在明治后也屡见不鲜。伫立于金州城外斜阳中的乃木希典将军情不自禁地吟咏出“山川草木，愈加荒凉”；夏目漱石也创作了很多首出色的汉诗，这些都广为人知。毋庸置疑，这些汉文诗作都已成为“日本文学”的有机组成部分。

无独有偶，同样的现象在朝鲜文学史中也是无法忽视的。当然，探讨越南文学史时也会遇到这种问题，胡志明的《狱中日记》就是用汉文诗写就的。可以说，汉文在东亚的地位就如同拉丁文在西欧所扮演的角色一样重要。

中国曾数次建立起非汉族的政权。其中最引人注目的要数蒙古族人建立的“元”和满族人建立的“清”。但是，“元”和“清”实际上存在着巨大的差异。

元朝对汉文化并没有太多的崇敬之意。元在统治中国之前，曾经有过成吉思汗西征的历史。也就是说，他们接触过西方文明，这或许是他们并不热衷于汉文化的原因之一。元朝的统治者一直坚信蒙古族的游牧生活方式是最好的，在行政和经济方面也是绕过汉族人，委任色目人担任相关职务。色目人精于实务，巧于商务。所谓“色目人”是指除蒙古族人和汉族人以外的、其他多个种族的人，主要包括突厥人、伊朗人、阿拉伯人等，讲拉丁语的意大利人马可·波罗也被列入“色目人”之中。

提到元朝，与其说是灭亡了，不如说是从中国撤退了更为妥当。明太祖朱元璋攻陷北京时，蒙古族政权的统治者们迅速退回了北方草原。未被汉文化同化的蒙古族继续在草原上过着游牧生活，笔者相信这一点是没有争议的。

清朝的情况则大为不同，满族人被汉文化同化。至清末时，满族中已经很难找到会讲满语的人了。清朝皇帝经常颁布诏书，强调满族人应该学习满语。不过，连皇帝自身都汉化了，这些诏书再怎么三令五申也无法阻挡满族被同化的趋势。

1911年清朝灭亡时首都北京并未发生战争，这一点从表面上看同元朝时的情形如此相似，然而其内容却大相径庭。蒙古族人举族回迁至北方草原，而满族人却举族融入中国。

满族人中涌现了很多优秀的汉诗作者。乾隆皇帝（1711—1799）毕生创作了42420首汉诗，并写就了千百篇汉文文章。女诗人顾春，号太清春，虽为满族人，在清代诗人中的地位却不逊于任何汉族女性，甚至有过之而无不及，她被认为是顶级的女诗人。

元代时，蒙古族中以创作汉诗而著称的人似乎并不多见，对汉诗感兴趣的都可谓凤毛麟角，倒是前文提到的色目人中出了几位出色的人物。他们的水平与同时代的汉族文人相比也毫不逊色，所创作的作品也流芳于“中国文学史”，代表人物萨都剌有《雁门集》八卷存世。

萨都剌，字天锡，出身于答失蛮，祖父为思兰不花，父为阿鲁赤，曾在元朝担任军职。萨都剌出生于山西省北部的雁门，诗集《雁门集》应该是以其出生地命名的。

萨都剌的出身——答失蛮究竟是地名还是部族名尚无定论。元末陶宗仪著《辍耕录》中虽有对色目人的详细记载，但其中并无答失蛮的相关资料。名为《元典章》的书中将

“答失蛮”解释为“回族的修行者”，可见答失蛮非部族名亦非地名，似乎是一个阶层的名称。北宋时期曾有这样的记载，自于阗（现在的和田地区）而来的朝贡使中曾有“打厮蛮”的头衔，这个“打厮蛮”应该就是元代的“答失蛮”。这个词很有可能是波斯语Dānishmand（有学识的、贤明的）或者是表示“职者”含义的Dānishwar的音译。

修行者也好，学识丰富者也罢，按照中国式的理解萨都剌应该出身于伊斯兰教士大夫家庭。吉川幸次郎的《元明诗概说》中记有一部名为《至正直记》的书。《至正直记》认为，萨都剌实际上是汉人，为了适应当时的社会风气故意给自己起了个洋气的外国名字。元代色目人确实比汉人更受优待，但这部《至正直记》并没有什么权威性。在《新元史》列传中，还可以见到“原为朱氏之子，后被其父送为养子”之类的记述。

在元代，萨都剌与杨维桢并列为诗人中的翘楚。也许有些心胸狭窄的人会觉得：“那么杰出的诗人怎么可能没有汉文化背景？怎么可能是色目人？”笔者认为，所谓“萨都剌汉族说”就是基于这样的心理杜撰出来的。

萨都剌家中兄弟三人，都是仕途中人。真不知道《新元史》中的“养子说”的根据是什么。这个说法更像是没有经过仔细调查的无端猜疑。将优秀人物的血统与自己的血统联系在一起或许是人之常情，但如此牵强附会让人明显地嗅到了种族主义的气息。例如，日本人说郑成功有日本血统，所以他才像日本武士一样忠心耿耿，这样一来中国人的处境就显得尴尬了。其实，明末清初的精忠之士并非就郑成功一人。

萨都剌生于元代至元九年（1272），他的名字据说是阿拉伯语“安拉的神赐之物”的缩写，他的字“天锡”好像也由此而来，“锡”和“赐”是同义的。

定国号为“元”的第二年，萨都剌出生。这个国号既保留了浓厚的游牧民族气质，也有“彰显成为中华帝国之主”的用意。定国号可以说是一个宣言，即宣布“元”成为中国传统的继承者。萨都剌正是在这样的背景下学习汉语、学习关于汉文化的经典古籍的。值得一提的是，他出生之时马可·波罗来到了忽必烈的汗廷。

马可·波罗滞留中国长达二十余年，他供职于忽必烈汗，被派往全国各地。但是，读罢他的《东方见闻录》后发现，马可·波罗好像只会说蒙古语和波斯语，不会说汉语。

当时中国各地都有派驻的蒙古族人和色目人，即便不懂汉语也不会有太多的不方便。尽管如此，像萨都剌这样虽为色目人却被汉文化深深吸引的还是大有人在的。萨都剌不仅学习经典，还学习书画，掌握了文人应该具备的一切素养。遗憾的是，当时元朝废除了科举，萨都剌寒窗苦读却并未获得什么切实利益。后来，科举制恢复，萨都剌于泰定四年（1327）进士及第，但此时他已经55岁了。还有一种说法是萨都剌出生于至大元年（1308）。如果是那样，他考中进士时还是相当年轻的。

目前我手头上掌握的“事典类”资料统统记载他的出生年是1308年，这与另一种记载存在36年的差异，着实令人头疼。萨都剌究竟是19岁进士及第的青年才俊，还是55岁才中进士的老年书生？这个问题如鲠在喉，挥之不去。

从结论来看，萨都剌是没有可能生于至大元年（1308）的。《雁门集》中有一首名为《赠钦师》的诗。获赠这首诗的人为僧人法钦，此人于元贞元年（1295）去世，所以如果持“至大元年说”的话，那么此人应该在萨都剌出生之前就死了。另外，还有一首五言律诗名为《送闻师之五台》，其中涉及的僧人法闻于延祐五年（1318）去世。如果萨都剌出生于1308年的话，那么赠送这首诗的时间明显也是不合常理的。

可以明确的是，萨都剌是穆斯林，但他却与僧人的交往甚密，这也许是元代的宗教都比较宽泛造成的。当时还有许多信奉伊斯兰教的儒者，或许当时的人认为儒家属于伦理范畴，并非宗教。

不知是出于什么原因，30岁左右的时候萨都剌开始去南方经商。可以看出他的家当时极度贫困，用他自己的话说：“家中无田，囊中无储。”可见，虽说是色目人处处受到优待，但也并非家家富裕。从萨都剌的自述中可以看出，当时每个家庭的情况都不尽相同。萨都剌在旅途中适逢重阳佳节（中国农历九月初九），居然无钱买酒，只能望乡感怀。下面的这首诗是当时的真实写照：

寥落天涯岁月赊，每逢佳节苦思家。
无钱沽得邻家酒，不敢开窗看菊花。

重阳之日饮酒赏菊本为汉人风俗，而身为穆斯林的萨都剌也以饮酒赏菊为幸。

都说色目人善于经商，其实也不尽然，萨都剌就过于无欲无求，一副身无分文的派头：

心求安乐少思钱，无荣无辱本自然。

用这种心态经商，估计萨都剌的生意也不可能太顺利。萨都剌回到家乡后，继续做学问、会诗友。按照年谱计算，《山中怀友》（六首）应该是他38岁时作的诗。这几首诗表面上是吟咏友人之作，实际上是感怀自身。在这六首诗中，下面的诗作最受人称颂：

自是麒麟种，卑栖又几年。
故庐南雪下，短褐北风前。
岁暮山林瘦，天高雨露偏。
唯应丈夫志，未受故人怜。

所谓的麒麟种，指的是天资不凡。尽管天资不凡，却郁郁不得志，甚至衣食堪忧。天降甘霖本应公正无偏，但竟只泽一方。萨都剌自感才高八斗，却命运不济。对于萨都剌来说，参加科举、通过学识获得官职俸禄之路当时已经受阻已久，而自意大利远道而来、不识汉字的马可·波罗却备受重用。

但是，萨都剌不失男儿之志，也无意接受他人的怜悯。答失蛮是伊斯兰世界中的士大夫，与中国士大夫有着同样的风骨。他虽然感叹自己不得志，但对民族矛盾方面的事情却只字未提。

萨都剌的诗很早就传到了日本。几乎与萨都剌同时代的日本南北朝时期，在日本就可以读到他的诗歌了，还有人对他的诗歌进行翻刻印刷。萨都剌号萨天锡，他的号在日本更广为人知，但大部分日本读者并不知晓他是穆斯林。江户时代也有人复刻刊印萨都剌的诗。明治时代以后，岛田篁村的儿子岛田翰又依照古籍将其再版发行。

萨都剌的诗在日本拥有众多读者。我想，他的诗比较容易理解应是原因之一。元代诗歌的特征是清新，所谓清新不外乎就是明快。

宋代诗歌的风格有些像在纤细的衣褶上细心编织出的繁复图案。宋诗之后突然出现了明快易懂的元诗，给人一种豁然开朗的感觉，特别是对于外国读者来说更是如此。白居易的诗因平易近人而深受日本人的喜爱。日本的平安时代，《白氏文集》是有教养之人的必读书。萨都剌的诗与白诗一样受日本人欢迎，相信这绝非偶然。《萨天锡妙选稿》刊行于江户初期，据说里面还掺杂了一些室町五山僧侣的诗作。这也从另一个侧面说明，萨天锡的诗特别贴近日本人的生活，以至于闹出了如此的乌龙。

萨都剌的母语是何种语言目前已经无从考证，如果他的汉语是靠后天努力掌握的，那么他的诗直白易懂就很容易理解了。

萨都剌虽然满腹经纶，却没有沿着精英路线一路高升。55岁之前，他的人生轨迹似乎显得慢人一拍。后来，元代恢复了科举制度，但很不凑巧，萨都剌的父亲这个时候去世了。由于处于守孝期，萨都剌未能参加第一次科举考试。总是生不逢时，真让人感慨造化弄人。坎坷的命运也让我们对这位答失蛮诗人深感同情。萨都剌病中所作之诗，也深深地刻印在我们的心中：

> 风叶高下落，秋砧远近闻。
> 天涯多病客，倚杖看孤云。

至顺三年（1332）是壬申年，萨都剌正好迎来花甲之年，却在当年卒于江南任地。从下面的这首诗中，我们可以看出他的晚年多病且凄凉，但这首诗似乎也可以证明他活到85岁左右：

> 江南倦客好清斋，炼得身形瘦似梅。
> 不到清溪三四日，藕花无数水中开。

1924年晚秋，鲁迅在庭前凝视着火红的枫叶，其中的一片叶子看得出是被虫蛀了，叶片上面有着斑斑的空洞，边缘泛黑。这是一枚病叶。鲁迅摘下这片叶子，夹入新购的《雁门集》中。一年后，鲁迅在灯下打开了《雁门集》，去年夹入的叶子赫然映入眼帘。鲁迅在他的文章《腊叶》中记述了这件事情。

或许是因为《雁门集》经常放在手边，所以鲁迅才随手夹入一片叶子吧，又或许是他觉得这枚病叶与《雁门集》的意境十分契合吧，对此鲁迅并未深说。

萨都剌78岁时，曾弹劾过宫中权贵，并因此而左迁。年龄姑且不论，其仕途是一路坎坷。他穷困潦倒前往江南经商时，是何等渴望作为“士大夫”参与国家政事啊！当他即将迎来80岁高龄时，却又传来了左迁的噩耗。这应该比病痛更加令人痛苦吧。

鲁迅购买《雁门集》后，好像有一年左右未读此书。

以老迈之身走上仕途的萨都剌数次前往南方赴任。三十多岁做生意时，他选择的也是南方。我们不清楚当时的官员是否可以选择上任的地点，但去南方任职应正合萨都剌本人所愿。萨都剌本人尊崇汉文化，他认为汉文化的中心就在中国的南方。

蒙古族人到来之前，中国北部正处于女真族建立的金王朝的统治之下。金朝与元朝对汉文化的态度不同，前者的汉化程度更高一些。尽管如此，萨都剌还是认为中国的正统文化在南方。萨都剌出生于雁门附近，在金王朝统治之前，此地曾为契丹族建立的大辽所统治。也就是说，萨都剌的出生地有三百多年的时光都处于非汉族政权的统治之下。单凭这一点，我们也能够判断出萨都剌对南方汉文化的渴望是何等强烈。这种渴望对汉人来说是何程度我们尚不得而知，但对于一个崇敬汉文化的色目人来说，应是异常强烈的。

进士及第后，萨都剌被任命为京口（现江苏省镇江市）录事司达鲁花赤，达鲁花赤源于成吉思汗设置的地方官职。一般来说，汉族人很少能够被任命为达鲁花赤，重要的达鲁花赤仅限于蒙古族人担任，除此之外，由少数色目人充任。因此，“萨都剌汉族说”从这一点看也是不成立的。

继京口之后，萨都剌先后任职于建康（南京）、真定、福州等地，均是南方之地。后来，他曾任职于开封，继而返回北京任职于翰林国史院。其后，萨都剌又辗转于杭州，然后在建康担任江南御史台侍御史，这个官职类似于检察官。

至正十五年（1355），萨都剌由浙江东部移居安庆（现安徽省），并在司空山山麓结庐而居。此时的萨都剌已84岁高龄，其后的事迹不甚明了。有文献记载他卒于杭州，亦有文献记载他“不知所终”。总之，那时他已风烛残年，他应该是在消失于文献记载后不久就故去了。

萨都剌出生于北地雁门，却心仪南方，明知死期将至也无意北还。每当我揣摩他的这种心情时，不禁有些哀伤。

我们可以说萨都剌毫无落叶归根的望乡之心，但他对灵魂的归宿江南的向往是情真意切的。南方令萨都剌魂牵梦萦，不舍离开。他所供职的元朝对汉文化的态度颇为冷漠，甚至还时不时地加以轻蔑。或许正因如此，他才不肯离开江南。

萨都剌的经历很容易让人联想起拉夫卡迪奥·赫恩和莫拉埃斯。他们同样对日本的传统文化心驰神往，并全身心地投入其中，无法自拔。不同之处在于赫恩和莫拉埃斯是在用外语阐释自己的心情，他们不能创作日语的短歌、俳句。

萨都剌对处于逆境之中的中国文化贡献良多，他将中国文化的方方面面都加以继承和发扬。他的诗歌神似李白，兼有李贺之风，还颇得李商隐之妙趣。这些伟大的诗人可谓是风格迥异，但萨都剌放眼四海，博采众家之长，不拘一格地加以吸收、光大。

萨都剌擅长楷书，还精于绘画。他的一些作品被珍藏于故宫博物院之中。在福州衙门的庭院之中，有榭名曰“石林亭”，屏风之上绘有萨都剌所画的山水和题诗，相传为萨都剌64岁时所作。诗曰：

海国夜凉星乱垂，石林逋客未眠时。
满帘月色吹轻雾，白露无声下竹枝。

南海之船

我在写小说《马可·波罗》时，产生了博览萨都剌诗歌的想法。

马可·波罗在元代属于“色目人”之列，那时候我就想，能不能从整体上把握一下“色目人”。写书要积累素材，于是我就通过读书来汲取营养。品读萨都剌诗歌时，我并未从中嗅到“色目人”的味道。

萨都剌虽为穆斯林，却经常云游佛寺。他甚至还会与僧人甚至是女道士以诗歌赠答。路过池阳时，萨都剌曾感怀李白；在赤壁山下的回风坡他写下凭吊诸葛亮的长诗，诗曰：

先生虽死遗表存，大义皛皛明日月。

可见，萨都剌的立场与唐宋诗人并无太大差异。

我本想从萨都剌的诗中寻觅些“色目人”的特点，但未能如愿。我是带着某种先入为主的目的收集素材的，寻觅一番之后竟毫无所得。出乎意料之余，感觉有些“被骗了”。但是，仔细思量一番后又觉“塞翁失马，焉知非福”。或许我的这种“先入为主”原本就不正确，能以此打消这种观念也未尝不是一种收获。

马可·波罗在中国生活长达17年，然而他并不懂汉语。知晓这一情况时，笔者多少有些失望。不过，马可·波罗却将元代的时代画卷完美地呈现于我的面前。从这一点来说，他不会汉语也不值得我们悲观。

话题转移到马可·波罗的身上。马可·波罗何时离开中国，学界可谓众说纷纭，最有说服力的是“至元（元世祖忽必烈的年号）二十七年（1290）说”。如果这一说法成立，那么此时萨都剌19岁，且已经进入了诗歌创作期。或许忽必烈早已知晓马可·波罗有归国之意，所以将他安排到了出使伊尔汗国的使节团中。

伊尔汗国大致位于如今的伊朗、伊拉克一带，相对于元王朝来说，是位于西方的蒙古汗国。伊尔汗国由成吉思汗的孙子、忽必烈汗的同母弟旭烈兀所建。伊尔汗国承认中国的元朝为宗主国，但元朝对伊尔汗国采取了完全不干涉的政策。所以事实上，伊尔汗国和元朝是两个完全独立的国家。

中国和伊朗亲为兄弟的时期是13世纪至14世纪，这的确容易勾起人们的兴趣。

当时，伊尔汗国已经进入旭烈兀的孙子——阿鲁浑汗的统治时期。国王阿鲁浑的王妃离开人世，他遵照亡妃的遗言，希望在亡妃同族中选择新王妃。因此，伊尔汗国的使节兀剌台、阿卜失哈、火者不远万里来到中国，向元朝政府传达了阿鲁浑汗的请求。

忽必烈汗亲自为亲弟弟的孙子选妃，他选中了一位名叫阔阔真的公主远嫁伊尔汗国。为了护送公主远嫁，忽必烈汗还组织了相当大规模的使节团，马可·波罗就是其中一员。

公主此行的最终目的地是波斯湾的霍尔木兹。当初马可·波罗等人由西方前往中国时，原本打算走海路，即由霍尔木兹出发乘船前往中国，但他们的船实在是太破旧了。由于船况不佳，即将出发时马可·波罗等人不得不弃船改走陆路。最终，他们选择了“丝绸之路”来到中国。

护送伊尔汗国使者回国的使团也计划走海路，因为使团中有公主（未来的伊尔汗国王妃）同行，所以船队自是相当豪华。使团所乘之船应该是根据圣旨特别建造的，船上搭载的船员也是经过精挑细选的精英。与来时不同，马可·波罗等人可以放心地乘船回家了。

阔阔真出嫁伊尔汗国本来是计划走陆路的。因海都（成吉思汗曾孙）的反叛日盛一日，所以出使途中他们改变了原定计划。

忽必烈汗为这次远行准备了14艘巨船，每艘船都竖着4个桅杆，可以悬挂12张帆。

据马可·波罗讲，其中四五艘船特别巨大，每艘船可搭载水手250多人。

元代时期，来往于中国和印度之间的船只看来是巨大且坚固的。马可·波罗详尽地描述了普通商船的样子，他说那些商船甲板上有60个船舱。船舱可以承装货物，也可以供人休息。船只除了四根基础桅杆外，还有两根可以自由放倒或竖起的辅助性桅杆。船体为双层结构，内设13个暗舱，如果船体因触礁等发生破损现象，可以封闭相应部位的暗舱，从而避免船体漏水造成更大的影响。

据说，马可·波罗到来之前还有更大规模的船只，这些船只往来于南海中的各个海港之间。当时能够停靠大型船只的港口少之又少，所以这些船只不得不采取小型化措施。

公元411年，距马可·波罗归国约880年前，中国访印僧人法显自锡兰乘船归国。据《佛国记·法显传》记载，当时乘坐的商船大约可以容纳二百余人。

那时，航行于南海的船只以中国船和狮子国（锡兰）船为主，号称“双璧”。

由此可见，西亚和欧洲的船只能是相形见绌了。前文提到波斯湾的霍尔木兹，马可·波罗一行因所乘船只不可靠而被迫改走陆路。那么，当时的西亚和欧洲船只究竟有多么让人不放心呢？据说那些船只不用铁钉，而是使用印度胡桃木的树皮和马鬃纤维固定木材。而且西亚和欧洲船只有一根桅杆，没有甲板。虽说这些纤维比较耐海水腐蚀，但那样的船只实在无法让人放心乘坐。

唐末，广州官员刘恂在《岭表录异》中说道：

> 贾人船不用铁钉，只使桄榔须系缚，以橄榄糖泥之。糖干甚坚，入水如漆也。

可见，元时的船只与古籍中记载的是完全相符的。尽管当时距唐末已经过去四百余年，但是西亚和欧洲的造船技术好像没有什么进步。另外，桑原骘藏在论文《波斯湾的东洋贸易港》中指出：“刘恂在广州上任期间，已经是黄巢起义之后的事情，此后西亚的商船就极少到达广州了。所以，刘恂在书中描述的船只应为中国船。”

这些船也可能是广东的造船工匠模仿西亚船建造的。实际上，当时中国早已能够制造更大型的船只了。既然如此，当时为何还要制造不用铁钉的船只呢？笔者推断，或许是为了方便。例如可以在江河之中或近海之中使用这些相对简易的船只。

马可·波罗在霍尔木兹准备搭乘的船只也许无意于直接驶往中国，如果他们可以安全抵达印度的话，便可以在那里换乘更结实的锡兰船或中国船到达中国。南宋时期的典籍中，就有相关的史料记载穆斯林在印度南端换乘船只前往中国。

当然，从中国始发的船就不用考虑换乘了。阔阔真一行的出行费用应是国费。鉴于两国关系良好，当时商旅往来频繁，海上贸易兴旺的景象可想而知。

据说，马可·波罗与阔阔真公主一行是由“刺桐”（音“在通”）港出发驶往波斯湾的。

“在通”这个音来源于泉州的别名——“刺桐”，是其音的讹变。刺桐是一种与桐树相近的树种，有刺，只生长于南方，开红花。唐代诗人李郢在送友人至岭南的诗中云：

回望长安五千里，刺桐花下莫淹留。

对北方人来说，刺桐或许是南方的象征。泉州城多生刺桐，故有“刺桐城”之别称。穆斯林旅行家伊本·白图泰比马可·波罗略晚些来到中国，他在著作中提到，泉州以刺桐闻名，或许刺桐这个名字更为人们所熟知。

泉州临晋江，是当时最大的对外贸易港口。很多外国商旅居住于此。南宋末至元初，泉州出了一位实力派人物——蒲寿庚。据说蒲寿庚是大食人。大食原本是阿拉伯的意思，因中国对伊斯兰文明不甚了解，所以就不明就里地称呼其为“大食”了。其实，蒲寿庚可能不是阿拉伯人，而是伊朗人。

宋末，南宋政权被逐出杭州，一路南逃沦为亡命政权。据说流亡的过程中他们曾想求助于蒲寿庚。其后，南宋政权继续南逃，最终亡于崖山。蒲寿庚准确地把握了时代的脉搏，他之所以拒绝南宋政权是因为他必须倒向元朝。

马可·波罗由泉州港扬帆启航之时，不知蒲寿庚是否还在人世。因助元有功，蒲寿庚被元朝任命为地方长官——行省左丞。至元二十一年（1284），蒲寿庚的名字最后一次出现在《元史》上。这一年，与马可·波罗等人回国只相差六年。名字不出现在史书中，只能说明此人没有什么事迹需要记载，并不意味着他已经不在人世了。如果当时蒲寿庚尚在人世的话，我想马可·波罗应该会与之见上一面吧！一来，二人同为“色目人”；二来，马可·波罗是奉忽必烈汗的旨意履行公务的，作为泉州一带的头面人物，蒲寿庚有责任出面接待大汗派出的使团。

《元史·世祖本纪》的至元十八年（1281）条目中记载：

> 福建省左丞蒲寿庚言：诏造海船二百艘，今成者五十，民实艰苦。造船之事遂中止。

忽必烈为了远征日本，命令江南四省建造六百艘战船。如此看来，泉州应是承担了繁重的造船任务。他们需要建造六百艘战船中的二百艘。泉州人民历经千辛万苦终于完成了其中的50艘，但也达到了极限。于是蒲寿庚向朝廷上奏，为民请愿，奏称泉州人民为造船已疲敝不堪，不能再继续承担原定的造船任务了。最终，蒲寿庚的请求获得批准，朝廷下旨停建战船。

上文提到，蒲寿庚是来自伊朗的色目人，他多少还与日本历史有着某种联系。

从承担造船的任务情况来看，当时的泉州拥有较高的造船能力。福建山地是杉树的著名产地，福建杉树因质地优良而有口皆碑。优良的杉树可为造船业提供原材料。从地理上看，泉州也是一个非常理想的造船之地。

忽必烈所命令的造船规模过于庞大，政府大概也意识到了这一点。所以，当元政府接到了蒲寿庚的上奏后，马上同意了这一合理诉求。若非如此，其他说法很难解释清楚。

护送阔阔真驶往伊尔汗国的船只应该也是由泉州建造的。假如当时蒲寿庚在世的话，他肯定是造船的负责人。

马可·波罗认为“刺桐”（泉州的别称）是当时世界两大贸易港之一。马可·波罗离开泉州几十年后，伊本·白图泰来到了这里。伊本·白图泰明确指出，“泉州港是世界上最大的贸易港”。

西方人来到南海是为了香料，他们最想得到的莫过于胡椒了。在描述船只大小时，马可·波罗精确地说出了这些船只的荷载量。他说，到中国的船只平时装载五千笼胡椒，多时可装载六千笼，荷载量远远凌驾于欧洲船只之上。从胡椒的装载量来看，中国船和欧洲船的优劣立见。

在形容“刺桐（泉州）港”时，马可·波罗说道：

如果亚历山大港可以容纳一艘船的话，那么这里则是它的百倍。岂止如此，这里应该可以容纳更多的胡椒船。

13世纪至14世纪，泉州可谓名副其实的世界第一大贸易港。伊本·白图泰也曾提到，停泊在这座港口里的巨型船只就超过了百艘。

作为当时的著名良港，即便是遇到狂风巨浪等极端情况也无须惊慌，因为船只还可以停靠在更为安全的晋江之中。但是，晋江也有日益变浅的担忧。晋江江底的泥沙日益淤积，而疏浚工程却相对滞后。或者说，上游带来的泥沙量超过了当时河流疏浚的能力。

这就是说，泉州港越来越不适宜停泊吃水较深的大船了。取而代之的是泉州附近的厦门岛，它很快就凭借自身的优势获得了人们的青睐。

前些年，晋江的泥沙之中出土了一艘古船。这艘古船目前陈列于泉州的博物馆中。也可以说，泉州是为了陈列这艘古船而特意建造了博物馆。这艘船应该是一艘被废弃的船只，经过沧海桑田的变迁后深埋于泉州的泥沙之中。这艘船从大小来看，属于元代贸易船中的小船。1980年我曾参观过此船，并做了笔记。可惜当时的笔记找不到了，无法为大家提供出准确的数字，我记得那艘船还不到50米长。

马可·波罗提到大型船只通常有两三艘小型船只护航。小型船只也能承载上千笼的胡椒，搭载的水手有60至百余人不等。泉州出土的古船也许是护航用的小型船只。

护送阔阔真公主的14艘船只由泉州港出发，历经26个月终于到达了目的地——霍尔木兹。

始于明代永乐年间的郑和下西洋，前后共七次，其中第四次航海（出发时间为1413年）抵达了霍尔木兹。据说，郑和的船队往返一次需要两年时间。虽说郑和下西洋要晚于马可·波罗返航（大概晚了120多年），但比起单程花费26个月，已经是进步神速了。

马可·波罗一行可能还担负着宣扬大元国威的任务，所以不着急赶路。他们很有可能是走走停停，在停靠的港口滞留一段时间后再继续下一段航程。

根据马可·波罗的《东方见闻录》记载，出使伊尔汗国是一次艰苦卓绝的航行。除去水手外，出发时使节团不下六百人。途中船上成员不断死亡，最终到达目的地的仅剩18

名。根据元朝方面的记载，当时护送阔阔真的使节团共有160人，与马可·波罗所说的六百人存在很大出入。如果不是记述的时候（马可·波罗口述时）出了错，就是马可·波罗故意在数字上掺假了。

尼科洛、马泰奥、马可这三位来自波罗家族的人都平安地到达了目的地。而从马可·波罗所说的比率（600人存活18人）来看，这显得有些不正常了。出发时阔阔真17岁，而到达伊尔汗国时她已经19岁了。伊尔汗国派往元朝的三位使节，只剩下火者一人还活着，其他二人已经命丧旅途。

众所周知，古代航海死亡率是非常高的。伊尔汗国方面，翘首以盼迎娶新娘的阿鲁浑汗也未能见到他的新婚妻子，他在阔阔真公主到达之前就已经离开了人世。传说中的绝世美女阔阔真最终依照蒙古族习俗嫁给了阿鲁浑的儿子合赞。

明代郑和第一次大航海的启程时间是在永乐三年（1405），距马可·波罗离开泉州港已经过去了115年。在此期间，中国发生了改朝换代的大事，元朝灭亡，明朝建立（1368年）。

效命于元朝君主、为其镇守一方的色目人风光不再，他们在朝代更迭中逐渐没落。据说还有一部分色目人随前朝贵族遁入了北方草原，留居中土的色目人则失去了往日的特权和荣光。色目人的存在感日渐式微，但也并未彻底消失。

指挥了六次大航海的宦官郑和就是色目人的后代。他的姓氏“郑”是永乐皇帝御赐的，本来的姓氏为“马”。穆斯林在改汉姓时，通常会取“穆罕默德”的头音，即改姓“马”（穆的谐音）者居多。根据墓志铭记载，郑和的父亲叫作马哈之，是云南昆阳州人士。哈之是阿拉伯语“哈吉”的意思。“哈吉”是尊称，用于尊称去过麦加朝拜的穆斯林。郑和的祖父也是位“哈吉”。由此可见，郑和家族是相当虔诚的穆斯林。

永乐皇帝之所以选择郑和作为大航海的总指挥，主要是因为非常信任他。指挥大航海的人理应异于凡人，总指挥的身份地位要求他在接待外宾时必须不卑不亢，尊重信义，有宏大的包容力。郑和正是兼备上述条件之人。当然，这仅仅是推测，但郑和的穆斯林身份应是永乐皇帝选人时的一个考量因素。在明代大航海中，船队停靠之处多穆斯林居民。当地的穆斯林居民应该会对郑和抱有很强的亲近感，因为他们有着相同的信仰。

郑和大航海的规模远胜于元代护送阔阔真公主的船队规模。即便是将马可·波罗等随行人员统计在内，二者也是无法相提并论的。郑和第一次大航海的船队拥有62艘巨型船只。为船队保驾护航的官兵多达28700多人。根据《明史·郑和传》记载，这些巨舰建于南京宝船厂。舰长四十四丈（150米），宽十八丈（62米）。

如果换算成现代船只的吨位的话，大概相当于8000吨的水平。90多年后，越过非洲好望角的瓦斯科·达·伽马的旗舰也不过120吨，跟郑和所率领的巨舰不可同日而语。

以前，主流观点认为《明史》中关于郑和船队的记载带有夸张成分，然而1957年在南京宝船厂遗址出土了一个巨大的舵。根据舵的实际尺寸推算，《明史·郑和传》中所记载的船只参数并非虚言。

清朝时期，在南京钟山发现了一只巨大的铁锚。这只巨锚位于钟山书院学校大门右侧的广场上。这只三叉的锚有两叉埋在地下，一叉露出地面。当地迷信的说法认为，妇人以手触之会受孕生子。《白下琐言》（白下为南京的别称）一书中记载了这只大铁锚。但《白下琐言》没有记载铁锚的详细数据。该书认为，大铁锚为郑和船队遗物。

郑和下西洋被称为“大航海”“远征”，郑和的船队又被称为“取宝船”，他们进行了大规模的贸易活动。郑和船队从中国运出绢、生丝、陶瓷器等物品，回国的时候则运回胡椒、龙涎香、珍珠、宝石、珊瑚等物品。此外，还运回狮子、长颈鹿、斑马、鸵鸟等珍禽异兽。

第一次远航经由占城、爪哇、巴邻旁、马六甲、苏门答腊、锡兰，到达印度南部的卡利卡特。第四次远航后，船队进一步越过卡利卡特西行，到达了霍尔木兹。远航船队派出了分队，由非洲东海岸北上，向阿拉伯半岛进发。在第七次远航中，还派遣了七名穆斯林前往麦加朝圣。

在最后的航海中，除了麦加朝圣留下的记录外，郑和并没有显露出更多的伊斯兰教色彩，他本人也没有亲自前往麦加朝圣。郑和的足迹已经踏至霍尔木兹，感觉他只要再略走几步就可到达穆斯林心中的圣地。郑和的祖父和父亲已经完成了麦加朝圣巡礼，如果郑和也前往麦加朝圣，那么就会实现祖孙三代全部前往麦加朝圣的壮举。这对于穆斯林来说，是十分荣耀的事情。然而，郑和并未那样做，他好像是在有意回避这件事情。

南京的静海寺中供有一尊西域风格的佛像，名为“水陆罗汉像”。据传，此佛像乃郑和所献。南京的碧峰寺也有类似的传说，该寺有一尊由沉香雕刻而成的罗汉像，据说是郑和捐献的。此外，传说南京皇城内的佛牙（释迦摩尼的牙齿）也是郑和所献的。种种迹象显示，郑和的身上更具佛教色彩，而非伊斯兰教色彩。

郑和下西洋的初期，永乐皇帝尚未迁都北京。因此，当时的皇城位于南京。据说佛牙被庄严地供奉于檀香金刚之上。

明代，有人曾对唐代玄奘法师的《大唐西域记》进行校订。在明代增补的注解中，明确地记载了永乐九年（1411）郑和带回佛牙一事。笔者推测，这应该是第三次大航海（始于永乐七年）取得的成果。

马欢曾随郑和航海，并担任翻译，他著有《瀛涯胜览》一书。据该书记载，锡兰有侧卧的释迦摩尼像、佛牙、舍利（佛骨）等。马欢是第三次郑和下西洋时的随行翻译，所以基本可以确定郑和是在锡兰得到的佛牙等物。实际上，第三次下西洋的时候，郑和在锡兰并不顺利。

在郑和七次大航海的过程中，船队与海盗、当地豪强发生了多次武装冲突，其中够得上战争规模的只有第三次航海中与锡兰王的冲突。

锡兰战争的原因目前尚不清楚。但可以肯定的是，满载财宝的船队往往是各路豪强争相觊觎的对象。郑和的船队配备了27000人左右的军队。战争的结果是郑和军大破锡兰军队，擒获锡兰王并押往明廷。最后，锡兰王被明朝释放回国。

1911年在锡兰的加莱发现了一块石碑。这块石碑被发现之前一直被当地人用做沟盖，目前藏于科伦坡博物馆中。可以肯定，这块石碑为郑和所立。碑文由汉文、泰米尔文、波斯文三种文字写成。由于此碑历经了五百余年的风吹雨打，磨损严重，碑文字迹已模糊不清，只有汉文的部分尚能勉强识读，讲述为了感谢航海平安并祈祷未来的安全而在佛寺进行供养活动的过程，还详细罗列了当时布施物品的清单。

长期以来，人们认为无法识读的泰米尔文和波斯文部分与汉文部分内容是一致的，即泰米尔文和波斯文部分是汉文的对译。近年来，通过科学手段可以识读出原来磨损的部分了。由此可知，泰米尔文和波斯文所记录的内容与汉文内容大相径庭。泰米尔文部分记载的是歌颂神灵的内容——锡兰人所信仰的印度教神灵的内容；波斯文记载的内容则另有一番情形，大概是讲此碑是为了安拉和伊斯兰圣者而建造的，等等。

石碑是胜利者所立之物。锡兰的石碑应该是郑和击溃锡兰王后建造的，石碑上的内容并非胜利者强加于人的片面说辞，这显得尤为珍贵。佛教、印度教、伊斯兰教这三者的内容公平地镌刻于其上，令观者为之动容。

作为一名穆斯林，郑和真的可以达到如此地步吗？元朝对所有的宗教均抱有宽容态度，这块石碑也许正是元朝这一优点的明证。

伊尔汗国

据推测，阔阔真公主一行是于1290年年末由泉州港出发的。而她的未婚夫阿鲁浑汗于1291年3月病逝，也就是说公主的船队出发后不久，阿鲁浑汗就过世了。

据马可·波罗所述，这次远航耗时两年多。船队到达霍尔木兹已是1293年2月，此时阿鲁浑汗已经过世近两年了。

中国和伊朗都拥有璀璨的古代文明。成吉思汗的子孙们控制了东西方两大文明。他们在东方建立了元王朝，在西方建立了伊尔汗国。伊尔汗国的创立者是元世祖忽必烈的弟弟旭烈兀。1265年，旭烈兀去世，其子阿八哈继位，成为伊尔汗国的第二任统治者。阿八哈曾娶拜占庭皇帝米迦勒八世的女儿为妻。因此，有观点认为当时的伊尔汗国保护基督教。基督教在7世纪的时候曾远播唐朝。长安甚至还建有基督教教堂（大秦寺）。传入唐朝的基督教被称为“景教”，属于基督教聂斯脱利派。

1282年阿八哈去世，其弟帖古迭儿继承汗位，帖古迭儿信奉伊斯兰教，自号“阿赫迈德·苏丹”。

帝国内的基督徒对皇帝的伊斯兰化政策大为不满，因为他们之前备受优待。而蒙古族贵族及部下大都信仰佛教，他们对这个自称苏丹的皇帝也难有好感。于是基督徒和佛教徒联合起来，共同拥立阿八哈的儿子阿鲁浑登上帝位。阿赫迈德·苏丹（即帖古迭儿）在位仅三年即被杀身亡。

阿鲁浑本人是一名佛教徒，因登上帝位的过程中仰仗了基督徒的支持，所以理所当然地采取了亲基督教的政策。尽管如此，他在位期间也没有压迫穆斯林。从阿鲁浑身上也反映出了蒙古族人对宗教包容的传统。

蒙古族的另一个特征就是现实主义。伊尔汗国的主要敌人是埃及的马穆鲁克王朝，这是一个伊斯兰教国家。为了向埃及施加压力，阿鲁浑不断向西方基督教国家派遣使节，意图与其结成军事同盟。

阿鲁浑不仅向拜占庭和罗马派遣使节，还向法兰西和英吉利派遣使节，其中最著名的莫过于拉本·巴尔·索玛。索玛出生于大都，后成为基督教聂斯脱利派的神职人员。他在去往耶路撒冷朝圣的途中来到了伊尔汗国。虽然缔结军事同盟的行动并未成功，但是索玛借着访问罗马的机会，促成罗马教廷派遣若望·孟高维诺前往元朝。若望·孟高维诺成为了基督教在中国的大主教。这也是罗马天主教传至中国的肇始。

阔阔真的未婚夫阿鲁浑行事积极，但也会听信方士之言。所谓方士，就是道教中的术士，是一群自称能够炼出长生不老药的人，他们让阿鲁浑服下了金石丹药。

长生不老药以矿物性成分为主。植物会干枯，干枯就意味着死亡，所以方士们认为，那些可以枯死的东西是无法获得长生不老的。与植物相比，矿物不会变质，所以使用金石炼制丹药，才可以获得长生不老之药。

阿鲁浑汗之死跟过量服用金石丹药脱不了干系。尽管年轻的妃子已经从中国启程，他却得了病，还服用了一些莫名其妙的丹药，折损了寿命。据说阿鲁浑汗出生于1250年，也就是说他刚过40岁就英年早逝了。

蒙古族不仅对各种宗教十分宽容，还很少怀有人种偏见，各种人种和部族，皆一视同仁地予以接纳吸收。我认为，成吉思汗能够急速地扩张，这应是原因之一。

阿鲁浑汗虽然信佛，但也听信道士之言。他优待基督徒，对于伊斯兰教，阿鲁浑表现出足够的宽容。阿鲁浑统治时期，是允许穆斯林遵从伊斯兰教法的。不仅如此，他还任用了一名犹太人作为帝国的宰相。

虽说蒙古族少有人种偏见，但帝国内的居民其实是以波斯人和阿拉伯人为主体的。蒙古族人虽为统治阶层，但在帝国内是不折不扣的少数派。帝国内的大多数居民带有明显的人种偏见意识，特别是对犹太人，他们抱有极其憎恶的感情。

但阿鲁浑汗不以为然，他起用了才能卓越的犹太人沙特倭而导勿雷[1]为宰相。沙特倭而导勿雷原本是巴格达的一名医生，他对帝国经济政策的制定贡献良多。

沙特倭而导勿雷走马上任，对伊尔汗国来说具有重要意义，它标志着汗国由军事国家转型为行政主导型国家。阿鲁浑对其信任有加，他的亲戚、族人等其他犹太人也相继被委以官职。对国内的穆斯林居民来说，此种事情是他们绝不希望见到的。

就经济方面而言，世界上对犹太人的认识几乎是一致的，即善于理财。古代很多富豪都是犹太人，但并不是说波

1 音近“萨德·乌达勿雷”，原文在音译后的括号中附上了“沙特倭而导勿雷”字样，此说法应为古籍中的说法，故统一采用原文括号中的汉字写法。——译者注（除说明外，均为译者注）

斯人（伊朗人）和阿拉伯人不善于赚钱。犹太和阿拉伯本是兄弟民族，他们的能力按理说不会有太大差异。但伊斯兰教的经典《古兰经》规定，信徒不可谋金利，而金融业又恰好是各种经济活动的基础。穆斯林因宗教原因不能从事金融业，在经济方面落后于犹太人也就实属正常了。

沙特倭而导匆雷是一位有能力的人物，还特别具有战斗精神。如果遭到穆斯林的忌妒，他就会用力去反击，丝毫不掩饰对伊斯兰的敌意。他获得了佛教徒阿鲁浑汗的信任和保护，所以反击时常常有恃无恐。穆斯林对犹太人的反感也因此更加强烈了。

根据瓦萨甫的史书记载，当时巴格达流行一首歌：

当今世道，犹太乱跳。
上苍无眼，天亦无道。
天下珍宝，尽入其包。
王公大臣，尽听其号。
如此胡闹，就要遭报。
鬼哭狼嚎，地狱报到。

这是一首令人压抑的歌。巴格达的穆斯林诅咒的是手握汗国大权的沙特倭而导勿雷。尽管国王如此信赖这个丞相，但是穆斯林好像已经知道了阿鲁浑汗疾病缠身，将不久于人世。

尽管阿鲁浑服用了“灵丹妙药”，但他就像街头巷尾谣传的那样，余命不长了。阿鲁浑汗死期将至——这成了人们谣传的心理背景。

然而，现实却比阿鲁浑汗的死亡来得还快，发现阿鲁浑汗一病不起后，那些被压制的人蜂拥而起，一举杀死了阿鲁浑汗的犹太宰相，据说此事发生在汗王临死前的几日。

每当在报纸上看到西亚发生动乱的消息，或者在电视中看到类似的消息时，我就不禁联想起阿鲁浑汗末期时的伊尔汗国。这些动乱有相当一部分是种族歧视引发的。时至今日，这些不堪回首的历史仍在持续上演，尽管时间已经匆匆过去了七百余年。

阿鲁浑在世期间，不仅他的犹太宰相被杀害，而且宰相的家眷及被怀疑是犹太人的人也同时遇难。仅巴格达一地，死者就超过了百余人。

我等以主主宰苍穹……

萨伊努丁·阿里的诗以如此庄重的句子开篇，这首诗实际上是为了歌颂当时屠杀犹太人而作的。这样的东西真的可以称为诗歌吗？充满恶意的辞藻在篇中俯仰皆是。原诗是阿拉伯文，翻译时令人心情不畅。我试译布拉文《波斯文学史》的一部分，后来实在坚持不下去了。

下面试举一部分，看看诗中关于种族歧视的内容。

犹太曾得一时的
喜悦和欢笑
神灵迅速降祸
使之痛哭流涕
无敌的勇士赐给他们死亡之杯
血流成河的街路上布满他们的尸体
从他们的住宅里夺走囤积的财宝
冲进闺房侵犯他们的女人
啊！这群无可救药的蠢货
绳索终于勒住了尔等的脖颈
你们这些令人生厌的臭鸟
看吧！大地之上张开的巨网定会让尔等无处躲藏
地上蔓延之物

要数尔等最为肮脏
世间各种生灵
要数尔等最为可憎

诸如上述的文字，着实令人作呕，实难再翻译了。

伊尔汗国上演惨剧之时，阔阔真及马可·波罗一行正在南海上航行，他们并不知晓此时发生于伊尔汗国的惨祸。当惨剧发生时，元朝的使节团船队应该是在由爪哇岛驶往印度的途中。

阿鲁浑死后，继承汗位的并非他的儿子合赞，而是其弟海合都。当时合赞正在担任呼罗珊总督，在他的任地之内。

该如何对待阔阔真呢？

马可·波罗一行带着阔阔真公主，一路前行至伊尔汗国的首都大不里士。大不里士位于现在伊朗的西侧，距离土耳其和苏联的国境很近。

海合都汗决定：

公主赐予合赞较为妥当。

游牧民族有这样的习惯，父亲死后儿子继承除生母以外的一切妻妾，这叫作“收继”。司马迁在《史记》中也记述了匈奴人的这一奇特风俗。汉族人特别重视人伦，在他们眼中这简直是不可理喻的野蛮行径。而游牧民族则不然。在游牧生活中，女子也必须“逐水草而居”，必须有人照顾她们。

阿鲁浑的儿子合赞，即后来的合赞汗。当时他还只是一名地方总督，坐在皇帝宝座上的是他的叔父海合都。

《新元史》将合赞的出生之年记为至元八（1271）年。阔阔真于19岁的时候到达了伊尔汗国，嫁给了23岁的合赞。相对已经40岁的阿鲁浑来说，这桩婚姻或许更加般配。

因阔阔真所嫁之人远在呼罗珊地区，所以马可·波罗一行必须将公主护送至远方的呼罗珊。

呼罗珊大致位于伊朗的东部国境、阿富汗西部与苏联土库曼斯坦相接的地区。

呼罗珊相当于伊朗的“门户”。自古以来，侵入伊朗的势力都是由北通过呼罗珊地区进入的。因此，伊朗的历代王朝均将该地的军政大权委任给皇太子。合赞的父亲也将这个国防要塞委任给儿子管理。伊尔汗国的汗位继承多兄终弟及。阿八哈死后传位于弟弟帖古迭儿（又名阿合马）。阿鲁浑死后其弟海合都继承了汗位，合赞死后也是由弟弟完者都继位。

马可·波罗一行先是东进，将公主护送至合赞所在的呼罗珊，然后由呼罗珊西行，返回伊尔汗国的首都大不里士。在大不里士，他们向国王海合都复命。最后，他们完成了漫长的使命，踏上了回乡的归途。马可等人由大不里士出发，取西北之道向君士坦丁堡进发。他们从那里驶入地中海，最终回到了威尼斯。

海合都是昏君，在位仅四年。马可·波罗等人在大不里士停留九个月之久，应该会对海合都的所作所为有所察觉。事实正是如此，马可·波罗的《东方见闻录》中有类似记载。马可称，海合都是一位好色之徒，他将哥哥阿鲁浑（马可·波罗误认为阿鲁浑是海合都的外甥）的妃子据为己有；他生活糜烂不堪，纵情于声色犬马之中；海合都毫无政治手腕，听信权臣谗言，以致财政入不敷出，因此，他想出了一个“好主意”——仿效元朝发行“交钞”（纸币）。

当时欧洲尚未普及纸币，因此马可·波罗等人对元朝的“交钞”颇感惊异。至元年间发行的“交钞”在整个元代都是通行的，而且基本维持了票面价格的稳定。当然，这与元代作为经济官员的色目人的努力密不可分。而海合都发行“交钞”是为了维系奢靡的生活，所以他的纸币政策以失败告终。伊尔汗国也更加败落。

马可·波罗等人西行之际，有二百骑兵同行保护。马可·波罗直言不讳地说，是因当时治安恶化不得已而为之。

1295年国王的堂兄弟拜都发动叛乱，杀掉了海合都，自己登上了汗位。合赞审时度势，迅速采取行动，举兵平定了叛乱，杀掉拜都，自己登上了汗位。

关于阔阔真的命运，史书并未详述。《新元史》记载，合赞汗共有妃八人。

与叔父海合都相比，合赞不知要英明多少倍，他是一位明君。他的父亲阿鲁浑汗将汗国由军事国家转型为行政主导型国家，而合赞在更广大的领域内，改变了国家的性质。

合赞汗时代，伊尔汗国转变成为伊斯兰教国家。

被他追杀的拜都在位仅六个月，据说他对基督教抱有好感，对伊斯兰教采取了迫害的政策。拜都在位时间短，且被视为叛逆者而遭到追讨。在胜利者的史书上，像他这样的人物通常会遭到极力丑化。合赞汗是一位对修史极度热心的皇帝，他还将伊斯兰教定为伊尔汗国的国教，所以拜都被描写成什么样子也就可想而知了。

阔阔真不远万里嫁至伊尔汗国，马可·波罗等人也在元帝国护送公主远嫁的使节团中。经历了种种机缘巧合后，合赞最终成了阔阔真的真命夫君。综合上述种种因素，我们对合赞汗这个人物抱有难以言表的亲近感。事实上，合赞也真的是 位颇值得研究的历史人物。

合赞作为帝国的领袖君临天下，他不得不为帝国的少数派——人口较少的蒙古族人的未来做打算。他得出结论，如果不融入到波斯人之中，那么蒙古族人将无法生存。

伊尔汗国的兄弟之国——东方的元王朝（名义上的宗主国）对这种想法持反对态度。

少数统治者统治多数民众时，一般都采取分而治之的策略，使被统治的多数难以形成统一的力量。英国统治印度期间，就是采取了这样的政策。他们采取的原则是分裂印度教徒和穆斯林。臭名昭著的Divide and Rule——“分而治之”即是如此。元朝建立了身份制度社会，将全国人民分为蒙古族人、色目人、汉人、南人四个等级。其中汉人和南人都属于汉族。元朝将早期被其统治的北方汉人（之前曾处于女真人统治之下）称为“汉人”，将处于南宋统治下的汉人称为“南人”，以示区分。元代还将“南人”蔑称为“蛮子”，蛮子让人很容易联想到野蛮。然而，被称为“蛮子”的人虽然身份地位最低，文化却是最先进的。

汉族占元朝人口的大多数。将汉族“分而治之”，或许会有些政策性的成果，但作为一个国家，元朝却存在着致命的缺陷。

畏惧国民团结的国家一定也害怕国家间的团结。蒙古族人抱为一团，色目人组成了色目人的社会，他们是社会的上层。马可·波罗在只通蒙古语和波斯语的情况下，居然能在中国毫无障碍地生活17年，也许正是托了当时社会组织结构的福。汉人和南人也因这个制度而割裂开来。即便是生活在同一个国家，汉族人之间也不能进行文化交流。从表面上看，元朝政权具有国际性，但实际上缺乏文化和社会层面的内部交流，不能算作国际性的国家。

灭掉南宋以后，元政权未及百年便轰然倒塌了，这也是必然的结果。蒙古族人返回北方草原，色目人或迁或隐，汉人和南人建立起汉族政权明王朝。是蒙古族人轻视“蛮子”及南人叛乱才导致其被北逐草原的。

作为人口不占优势的征服民族，如果不对其所征服的土地上孕育的文化怀有敬意，结果通常是一无所得，回到原点。

合赞汗当上伊尔汗国皇帝时，元王朝尚未崩溃，所以并不存在他借鉴元王朝兴衰的可能。元朝统治者无视汉文化，采取冷漠旁观的策略。伊朗是否应该采取同样的策略呢？相信合赞汗会做出自己的判断。最后他决定将国民全面地融入到伊朗文化之中。

皇帝改信伊斯兰教之后，国民的伊朗化进程也开始了。伊尔汗国的第三任皇帝帖古迭儿已经信仰了伊斯兰教，还将自己的尊号改成了“阿赫迈德·苏丹”。如前所述，帖古迭儿的这种行为引起了佛教徒和基督徒的不满。这直接导致了阿赫迈德在位仅三年就被杀身亡，取而代之的是合赞汗的父亲阿鲁浑汗。

尽管那次失败的经历距离合赞汗改宗才过去十几年，但合赞还是毅然改信了伊斯兰教。据说，他的心腹——贵族大臣那吾鲁孜促成了合赞汗改宗伊斯兰教。在与篡位者拜都战斗前，那吾鲁孜说服了合赞汗。那吾鲁孜与合赞汗相约，如果这次战争胜利，合赞能登上汗位就改信伊斯兰教。按照这次君子之约，1295年6月19日合赞与一万蒙古族人举行了隆重的入教仪式，此事载入了史册。

与拜都之战决定了合赞的未来——是登上汗位还是被杀。这是一个非常严肃的事情。所以当时立下的誓约非同儿戏，合赞必须遵守这个约定。然而，真相仅此而已吗?

从合赞的性格来分析，他不是遇到困难临时抱佛脚的那种人。表面上看合赞因遇到困难而乞求神灵庇佑，然后愿望实现了，为了感谢神灵庇佑就信了教。然而，合赞绝非毫无主见、听天由命之人。他生于伊朗这片土地，是一位深谙此地风土人情且贤明的年轻人。对于是否改宗伊斯兰教，笔者认为他应该之前就做好了决定，只不过是通过起誓这种形式断掉了一切后路而已。或许事情的真相是：以战胜拜都为契机，一鼓作气地推行了改宗。

虽然与那吾鲁孜有约在先，但那吾鲁孜毕竟只是合赞的心腹大臣。因此，合赞没有理由惧怕自己的大臣。如果不想改宗，战争结束后直接将其肃清就可以了。

合赞改信伊斯兰教，在蒙古族人之中也存在非议。同十几年前一样，一部分蒙古族人对此相当不满，甚至加以反抗。或许当时他们把所有的不满都发泄在那吾鲁孜身上了。在改宗仪式四个月之后，汗国首都大不里士发生了破坏基督教教堂、犹太教教堂、佛寺事件。那吾鲁孜向国王进说谏，允许他破坏一切异教徒的教堂和寺庙。

两年后，合赞汗要求蒙古族贵族必须围上穆斯林头巾。合赞不仅在宗教上推进伊斯兰化，在生活上亦是如此。

自古以来，征服民族强制要求被征服民族遵从自己的民族习惯是比较多见的。例如，清朝时汉人必须留辫发，否则处死，即“留头不留发，留发不留头”。清政府将是否留辫发（是否遵从满族人的生活习俗）视为服从与否的根据。清朝的这一措施遭到一些人抵制，虽然反对者不多，但毕竟有人通过以身试法的方式表达了抗议。

北魏是鲜卑拓跋部建立的政权。北魏第七代皇帝孝文帝不但力主迁都洛阳，还颁布命令禁止“穿胡服，讲胡语”。孝文帝不仅禁止本国的鲜卑人穿本族的服装，还禁止他们说本民族的语言，可谓是彻头彻尾的汉化。不仅如此，鲜卑人还把胡姓改成了汉姓。北魏皇族本姓拓跋，后改为普通的汉姓“元”。

日本在朝鲜殖民地推行“皇民化运动”，要求朝鲜人改姓普通的日本姓。北魏与日本走的是相反的道路。孝文帝迁都洛阳是在公元494年，此时距北魏太祖道武帝开国刚过一百年。孝文帝或许认为在这个国家中鲜卑人以文明人的姿态生存下去是最佳出路。据说，中唐诗人元稹（与白居易齐名）、金代大诗人元好问都是拓跋氏的后裔。

北魏的孝文帝努力消除自己固有的东西，为的是更好地生存下去。他的时代与伊尔汗国合赞汗的时代间隔八百多年，但两位君主的做法却有着异曲同工之处，或许他们有着相同的政治哲学。当然，无论是孝文帝还是合赞汗，都遭到了保守势力的抵制和反抗，伊尔汗国甚至还出现了层出不穷的叛乱。合赞汗对这些叛乱进行了彻底的镇压，将5位皇族和37位贵族处以极刑。

从这件事情来看，合赞汗改信伊斯兰教不单是为了遵守誓言。我本人更愿意想象阔阔真改信伊斯兰教时是怎样一个情景。

《史集》作者

崇洋媚外是人们对伊尔汗国合赞汗和北魏孝文帝的共同评价，他们的效仿者也为数众多。无论时代如何变迁，他们的做法都遭到了民族主义者的指责：抛弃本民族固有的东西，并以本民族的东西为耻……类似这样的批评不绝于耳。

不过，对合赞汗进行这样的批评并不恰当。诚然，合赞汗改信伊斯兰教不假，推行伊斯兰服装和风俗也是实情，他甚至还残酷地镇压了反对者。但与此同时，合赞汗也命人去记述蒙古的历史。如果合赞汗觉得蒙古的东西是令人感到耻辱的，或者想忘却蒙古的一切，那么他派人记述蒙古历史的做法就不合逻辑了。

合赞汗是一位明君，他将伊尔汗国带入全盛期。这位明君之下，还有绝世名相鼎力辅佐。这位宰相的名字叫作“拉希德·乌丁（音）”《新元史》将他的名字写作“拉施特哀丁”[1]。

与阿鲁浑汗时代的权相沙特倭而导勿雷相同，拉施特也是医生出身。

拉施特50岁左右走马上任，人们并不清楚他之前的事迹。因此，关于他本人的出身、之前的职业等都颇具争议，甚至有人怀疑他是犹太人。这样的风言风语很快传到了拉施特本人的耳朵里，他明确地否定了自己是犹太人的说法。

> 德高望重，兼具亚里士多德的智慧和柏拉图的贤能之名相。

这是后人对拉施特的评价。

合赞汗命令这位博学多才的名相撰写史书，这部鸿篇巨著贯穿整个合赞汗时代都未能完成，到完者都汗（合赞汗之弟，合赞汗之后即位）时代才最终完成。全书名为《贾阿米·乌·塔瓦力夫》”（历史的集大成），简称《集史》或《史集》[2]。编撰《史集》是为了实现合赞汗的一个意图——以蒙古的历史为中心，将围绕这个中心的一切囊括在

1　国内有多种音译方法，以下采用“拉施特”的译法。

2　中国更倾向于称之为《史集》。

内，最终形成更为宏伟全面的历史。这样的史书堪称一部世界史。

蒙古族或许会被伊朗广袤的沙漠所吞噬，为了将消失的一切记录下来才写下他们的历史，合赞汗是这样想的吗？如果他原本构想的是编写世界史的话，那结果又会如何呢？他也许会期待："从大地上消失的蒙古族人，将成为其他新文明的养分，在不可思议之处再次绽放吧！"叫什么名字取决于吸收了什么养分，或许合赞汗早已将自己定义为"世界人"。至于服饰、习惯这些微不足道的东西，就留与后人评说吧！

我能想象到合赞汗思索的场面：蒙古人虽然成为了"世界人"，但也因此让"蒙古"这个名号声名远播，并与全世界产生千丝万缕的联系。在他的宝座之上，皇妃阔阔真与他并坐。阔阔真不远万里而来，从中国的北方一路南下，又乘船经过了爪哇和印度。她应该是伊尔汗国皇室中最理解合赞汗的人了。

说起历史，笔者还有些内容想介绍给大家。在这部《史集》诞生的50多年前，一个名叫志费尼的人写了一本书，名为《塔阿里皮·贾汗古夏》（世界征服者历史）。如书名所示，该书以成吉思汗一族及相关事件为主要内容。尽管书中有些内容来自阿拉姆特叛徒的叙述，但它仍不失为一部优秀的史书。合赞汗知道这部史书的存在，但还是命拉施特对这段历史进行更为详尽的书写，可能是他觉得之前的史书算不上世界史。

志费尼的史书中最为著名的莫过于对成吉思汗攻陷布哈拉的描写：

> 他到来之后，烧杀抢掠。然后，他走了。

这段著名而简洁的叙事文字，常被后世所引用。

合赞汗比同族的任何民族主义者都更加了解蒙古的历史。《新元史》记载，他熟知蒙古的掌故、世系、族派、姓氏：

> 拉施特哀丁领命著史，凡述蒙古之事，皆面奉教令，而后笔载。

拉施特素以博学多才著称。在修史涉及蒙古事宜时，他也需当面向合赞汗请教。

如前所述，伊尔汗国将元朝视为宗主国。到了合赞汗时期，伊尔汗国出使元朝的次数有所增加，几乎达到了每年一次的程度。可见，合赞汗绝非因对伊朗文化情有独钟而背叛了蒙古，他的蒙古意识比谁都强烈。虽说如此，他并不了解蒙古利亚，也没有去过宗主国元朝。每当出使元朝的使节回来的时候，他肯定会如饥似渴地询问大都和上都的情况。

合赞汗继位之前，也一定会向阔阔真询问关于她老家的一切。伊尔汗国的使节愈加频繁地出使元朝，我仿佛从中看到了阔阔真的身影。然而，阔阔真的名字却再也没有出现于史书上。

据说拉施特的《史集》成书于伊斯兰教历710年，大致相当于公元1310年至次年的一段时期。1304年，时年34岁的合赞汗病逝，这部著作由其弟完者都汗继续支持编写。《史集》的内容如下所示：

第一部

序卷　蒙古的传说

第一卷　成吉思汗全史

第二卷　自太宗窝阔台汗登基、世祖忽必烈至成宗铁穆耳之死（1307年）这段时期的历史

第三卷　自旭烈兀登基至合赞汗死去的伊尔汗国史

第二部

序卷　亚当、雅各的孩子及忽必烈的预言者

第一卷　至萨珊王朝灭亡前的古代波斯史以及预言者默罕默德的生涯

第二卷　从艾卜·伯克尔至穆斯塔西姆的哈里发全史

第三卷　伊朗的伊斯兰教诸王朝（加兹尼王朝、塞尔柱王朝、花剌子模王朝、萨尔古尔王朝等）及伊斯玛仪派[1]

第四卷　土耳其、中国、以色列、欧洲（法兰克）及以释迦摩尼事迹为重点的印度史

续编主要记述现代史（指当时的），即完者都汗的历史，并且计划编写世界地理志，但是好像并未完成。

这是一部非常出色的史书，其中第一部蒙古史部分最为珍贵，史料价值也最高。《史集》完成半个世纪后，伊尔汗国的东方宗主国元朝灭亡。虽说作为中国王朝的元朝灭亡

1　什叶派中的极端主义支派。

了，但蒙古族人退回了北方蒙古高原，可能说其“回归”蒙古高原更为妥当。

灭亡元朝的是明朝的洪武皇帝，他刚一即位就匆忙着手编撰《元史》，而且很快就完成了编撰工作。除《元史》外，中国历史上如此仓促地编撰一朝正史的情况绝无仅有。《元史》中有诸多遗漏和前后矛盾之处，因此评价非常低。到了20世纪，《新元史》编撰完毕，并被认定为中国的正史之一。

那珂通世[1]当时准备编写一部中国通史，可是写到元朝时不得不中途搁浅。如果能够将拉施特的《史集》翻译出来，相信结果应该是另一番模样吧！

为了不让自己的毕生事业付诸东流，拉施特做了很多的努力。他将《史集》分写了许多抄本。拉施特贵为宰相，也完全具备这样的能力。他将这些抄本赠送给了世界上的主要图书馆。《史集》好像也送到了元大都。因战乱而使名著灰飞烟灭的例子不胜枚举，拉施特好像深知这一点。为了避免这种情况发生，他有意采取了这样的对策。

此时的中国已经进入印刷时代，然而当时的波斯文字只

1　日本明治时期著名史学家。

能通过手写传播，尚不存在其他的复制方法。在《史集》的末尾部分，拉施特这样祷告道：

展现深藏秘密的主啊！赐予历史和传统知识的主啊！医生拉施特愿做您的仆人。没有您深厚的慈爱他[1]就无法生存。他撰写的这些著作是为了支撑伊斯兰教基本教义、探索哲学的真谛和明晰自然的法则。而这一切都源于您的引导。这些著作应该有助于艺术领域的人，有助于证明创造的不可思议性。您还助他将领土的一部分作为圣用，并奉献出自己的收入。您助他制作了这些书的抄本，让所有时代的穆斯林都能够受益。啊！主啊！请接纳他吧！接纳他的所有一切吧！主啊，让人们感恩他的努力并宽恕他所有的罪过吧！主啊，请您宽恕对这项伟大工作施以援手的人，宽恕所有阅读和钻研这些书籍并从中吸取教训的人吧！主啊，祈求您让他们在现世和以后的生生世世都有好报。真诚希望您在使人敬畏的同时，能迅速地宽恕他们……

1 指祷告人，下同。

从《史集》末尾的祈祷文中可以看出，拉施特对这部史书抱有相当大的自信。如果只看末尾的祈祷文，《史集》会给人一种伊斯兰教教义衍生物的感觉，但实际上这本书与伊斯兰教的教条并无太大瓜葛。

我觉得拉施特可以称得上是司马迁级别的大史学家。同时，命拉施特完成这部史书的合赞汗也是伟大的。创作《史集》时，正值伊尔汗国伊斯兰化之际。合赞汗正是在这一特殊时期命拉施特修史的。实话讲，这可不是一件易事。

作为《史集》的作者，拉施特的史学功绩不可磨灭。作为一名政治家，他也是一位出类拔萃的人物。

伊尔汗国的政治机构残留着大量游牧民族部落的遗风，而伊朗则是一个拥有灿烂历史的文明古国。为了使汗国的政治机构与伊朗的风土和谐相融，拉施特做了大量努力。类似伊尔汗国的这种“转型政治”，普通的政治家是很难处理的。拉施特拥有史家眼光，这也许正是他能够看清“转型”玄机的原因吧！

税制改革是拉施特政治的最为成功之处。税制改革夯实了政治基础，使得汗国的统治无比坚固。拉施德的税制改革在原基础上增加了二成以上的税收，基本没增加人民负担。这只能说明拉施特眼光独特，能够看到常人无法看到之处。

所谓树大招风，像拉施特这种取得辉煌成就的人难免会有政敌。在扳倒曾经的政友萨阿德·乌丁后，他不得不与阿里·夏相互争斗。也许这就是政治家的宿命吧！与阿里·夏的争斗让拉施特最终搭上了性命。

完者都汗死后，其子阿布·赛义德继承汗位，拉施特因此失势。政敌阿里·夏远比拉施特想象的要危险的多。两人之间具体发生了怎样的争斗，目前还不得而知。但其中有一件事情是清楚的，那就是军饷问题。当时，帝国发生了的事件。就责任问题，二人展开了激烈的争论。除此之外，他们在其他问题上也势同水火。除了政治上意见相左外，双方在性格上也是难以调和。

将政敌斩草除根或许是搞政治的人的必然选择。放在当代，一般来讲，终结对手的政治生命就可以了。但在当时，还需要将对方的肉体彻底消灭才能放心。

合赞汗的弟弟完者都汗卒于1316年12月，时年35岁。也就是说他的寿命只比哥哥长一年。完者都汗死后的次年，拉施特被免职，且锒铛入狱。他的罪名是涉嫌毒杀皇帝。因为他原本的职业是医生，所以很容易被怀疑与毒药有关。

合赞汗与拉施特的关系非同一般，他们的关系甚至超越了主从关系，给人感觉更像是主从加同志的关系。皇帝对这个国家中蒙古族的未来做了深入的思考，拉施特对此心领神会。

拉施特是一名纯粹的穆斯林。如前所述，也有传言说他有犹太血统。如果此事不假的话，那么对拉施特来说合赞汗所倡导的民族融合他一定是感同身受的。因为这种源于亲身经历的感触，会使他与皇帝的配合更加默契。单从这点来看，合赞汗去世对拉施特应该是沉重的打击。

完者都汗继承了汗兄的遗志，对拉施特编撰《史集》给予了不遗余力的帮助。拉施特心中充满了对先帝深深的敬爱，而且时常不加掩饰地外露出对先帝的追思：

如果先帝在世的话……

虽然拉施特话未明说，但敏感的廷臣们能够听出他话中的弦外之音。拉施特对先帝推崇备至，而对现任皇帝却没有给予太高的评价，这在宫里是尽人皆知的。

从这点来看，拉施特毒杀完者都汗也并非空穴来风。皇帝才三十多岁，就开始感到精力不足。“有没有什么好药可以治一治啊？”皇帝如此向身为名医的宰相寻医问药也属正常。或许拉施特真的献上了药品，但很难想象他会献上毒药。

拉施特是两朝元老，备受两位皇帝恩宠。所以，更有可能的是他遭到了政敌的忌妒。阿鲁浑汗时期的犹太宰相沙特倭而导勿雷当政时，曾肆无忌惮地任人唯亲，一时风头无两。拉施特吸取了这位前任的教训，为人克制、低调。他衷心协助合赞汗，完成了伊尔汗国的伊斯兰化进程。

拉施特也没有拉帮结派，但最终没能从政坛中全身而退，可能是吸取教训有些过头了，他若是在各个关键位置上都安排自己的心腹就好了。

拉施特兼具政治家和史家双重属性。回顾他的生涯，从伊尔汗国方面来说，他的政治家身份是不可或缺的。从全世界角度来说，他的史家属性也是不可或缺的。在整个西方蒙古帝国中，他可谓顶级人物。

担任合赞汗的宰相期间，拉施特在斯尔塔尼亚修建了别墅，将其命名为“拉施迪亚”。《史集》的大部分内容都是在这栋别墅中完成的。《史集》完成的前一年，他还建议在合赞汗的陵寝附近修建新的庄园。从新庄园的选址上，我们也能看出他对先帝的感情是多么深厚。

新的庄园名为“拉比·拉施特”。大致的意思是拉施特之苑。“拉比·拉施特”一带不久之后就变成了一座文化之都。据说当时有居民三万户，商店一千五百家，商旅住宿之处二十四家，学院拥有七千学员，医院拥有五十位医师和五百名见习医生，甚至还有造纸工厂。拉施特还建立了图书馆，将自己的藏书六万余册收纳其中。

在“拉比·拉施特”里，人们夜以继日地进行着抄写工作。当时这些波斯语的著作除了人工抄写外，没有其他方法。除了《史集》之外，拉施特的其他著作也被抄写后送往各地。在“拉比·拉施特”建立造纸工厂的目的，就是为抄写这些著作供给上等纸张。

拉施特的著作涉猎广泛，种类繁多。除了《史集》外，还有农业类、造船类等，无所不包。例如，有解说人类各种技术的《万有书》（奇塔布尔·阿比亚·瓦尔·阿萨尔），书信体的神学书《解理》（塔乌迪哈特）、《真理解说》（巴亚努尔·哈卡伊克），古兰经的注释书《释义入门》（米夫塔夫·塔法希尔）等。这些书籍几乎都流传至今。1318年7月18日拉施特被处以极刑，罪名是毒杀皇帝。拉施特死后，“拉比·拉施特”也遭到政敌的破坏。

拉施特到底是不是犹太人，我们已无从知晓。拉施特对改信伊斯兰教的犹太人相当宽容，有人根据这一点说他是犹太人。《史集》囊括了许多民族的历史，而拉施特通常会站在世界立场上看待这一切，很少流露出人种歧视的观点。这或许也是他被认定为犹太人的根据之一。年过七旬的拉施特最终命丧政敌之手。“拉施特犹太说”也很有可能是拜其政敌所赐。

拉施特书写了世界历史。若问其究竟为何许人也，我想回答他是一个“世界人”。而“世界人”这个观念，要明显高于他所处时代之人的思维范畴。

拉施特共有十八个儿子。其中一个儿子名为贾斯丁，于其父受刑十年后成为阿布·赛义德汗的宰相。贾斯丁与其父颇为相似，热衷于保护科学和艺术。阿布·赛义德汗死后，贾斯丁卷入到政治斗争之中。1336年贾斯丁被害身亡，他的最终结局也与其父惊人相似。

伊尔汗国最终在不断衰微中走向了灭亡，蒙古人也最终溶于伊朗的汪洋大海之中。伊斯兰教或许起到了推波助澜的作用。和蒙古人不同，犹太人一直拒绝融入伊斯兰世界，这可能是他们的犹太信仰起了作用。

拉施特去世八十年后，由中亚南下的帖木儿征服伊朗。帖木儿的儿子名叫米朗夏，以粗暴著称。当他从拉施特墓旁经过时，向着拉施特的墓地吐了口唾沫，说：“拉施特不是个犹太人吗？他没有资格埋在这里。”

米朗夏命令属下掘开拉施特的坟墓，将拉施特的棺材扔到了犹太人的公共墓地里。

帖木儿得知此事，暴跳如雷，将米朗夏的数名随从吊死示众，以示惩戒。

一衣带水

有一个词语叫作“五里雾中”，意思是什么也看不见，摸不清方向。人们读这个词时，大多会在词中间断句，即先读五里，再读雾中。以前，这个词经常会出现在入学考试或者入职考试中。例如，在看假名写汉字的试题中会出把片假名“ゴリムチュウ”写成日本汉字“五里霧（雾）中”的题。出题者的目的，是想抓住“雾”和“夢”的日语读音相同这一点，看应试者是否会弄混这两个汉字。“夢中”这个词是常用词汇，人们非常熟悉。所以，很容易把“雾中”误写成“夢中”。

2世纪，中国好像出了很多怪人。他们擅长各种法术。其中有个叫裴优的人，可以在方圆三里（当时的一里约五百米）范围内造雾，把人困在其中。还有位人物本事在其之上，名为张楷。此人可以在五里内制造烟雾，对造雾颇有心得。人们将其所造之烟雾称为“五里雾”。“五里雾”可使人茫然不知所以。形容这种不知东南西北的情况时，就说如坠五里雾之中。因此，读“五里雾中”时应注意断句，正确的读法是先读“五里雾”，停一下再读“中”字。

类似的情况还有“一衣带水”。我们在形容中日两国友好时，经常会说“一衣带水”这个词。很多人会在“一衣”和“带水”之间断句。

“一衣带水”的意思是“像带子一样的小水流”，包含着“双方是仅隔咫尺之遥的邻居，必须友好相处”这样的道理。“带”可以是热带的带，也可以是安全地带的带。当特指衣服的带子时，就是“衣带渐宽终不悔”的“衣带”了。

相信爱读《三国志》之人都会记得这样一个场景，东汉皇帝汉献帝在曹操的权势之下沦为傀儡，于是他将讨伐曹操的诏书藏于衣带之中，传给车骑将军董承。人们将献帝的诏书称为“衣带诏”。那么，像衣带一样的水即为“衣带水”了。像一条衣服带子一样的水当然要读成“一，衣带水”。本人并不想当一位四处给人穿小鞋的“怪叔叔”，只是忽然意识到，回到事物的原点考虑事情很重要。我如此咬文嚼字，请多谅解。

记得哪本书上曾经写过，有人说“一衣带水”，绝不是指像衣服带子一样一跨而过的小河。“一衣带水”实际上是指大河，那种无法简简单单就渡过但又不得不过的大河。结果，一位领导说“一衣带水”是“像衣服带子一样的小河，还过不去吗”。

清末时，中国发生了太平天国起义。革命军自广西起兵，一路杀向南京。1853年，当他们接近南京时，起义军被南京城的雄壮惊呆了。据说一位指挥官仰望高大的城墙有感而发：

> 南京城呀大呀大，想它多大有多大。要问它到底有多大，它比想的还要大……

攻打到南京之前，太平军已经见识过了桂林城、长沙城、武昌城，而当他们来到矗立于长江江畔的南京城时，还是被其雄伟的规模震惊了，尤其是南京的城墙，超乎太平军的想象。官兵们不禁目瞪口呆，发出了上面的感慨。经过连续征战，太平军一度疲惫消沉。攻打如此规模的城市，一定可以提振一下他们的士气。

其实，中日两国之间远隔重洋。在造船技术和航海技术尚不发达的时代，中日之间的海洋阻碍了两国的交往，很多船只在旅途中遭遇海难。两国间的水并不是衣带般的水，“衣带水”这一说法可以认为是一种勉励之辞。

隋文帝将宽阔的扬子江形容为“一衣带水”。彼时的江南，南朝最后一个朝代陈王朝的君主整日沉溺于游山玩水，江南的黎民百姓却生活在水深火热之中。如果是天涯海角那另当别论，江南百姓不就是与江北一水之隔吗？所以，在隋文帝眼里扬子江只是“一衣带水”。于是他临江发愿，一定要解救对岸的黎民百姓。589年隋军横渡长江天险，结束了中国长期的分裂状态，南北归于统一。

人们常说长崎和上海距离不远，按现代的方法计算两地仅相距460海里（约850千米）。这么算来，长崎到东京的距离都远于到上海的距离。当今，人们出行已经进入航空时代，乘坐飞机的话，确实有点“一衣带水”的感觉了。“一衣带水”这个词产生于船舶出行的时代。在依靠船舶交通的年代，能够讲出“一衣带水”还是相当有气魄的。《南史·陈后主纪》写道：

> 我为百姓父母，岂可限一衣带水不拯之乎？

古时候的遣唐使船自日本肥前起航，驶往明州（今浙江宁波）。延历二十三年（804），空海、最澄等人渡海入唐，他们出发的日期为阴历七月初六。那么，他们为何选择在刮台风的季节出发呢？据说是因为他们出行前找了巫人或阴阳师。根据“天意”或“神意”的指示，他们最后选定了七月初六这一天启程。托了巫师或阴阳师的“福”，遣唐的人们都倒了大霉。

空海乘坐的第一艘船经过一个月的漂流，最后到达了福州长溪县的海岸，远远偏离了既定的目标明州，这是因为他们在扬帆启程后的第二天就遭遇了暴风雨。最澄乘坐的第二艘船最终到达了目的地明州，但是他们在海上比第一艘船多漂流了20多天。到达后，船上的所有人都已经精疲力竭，最澄也生了病。

第三艘船折返日本，第四艘船下落不明。可见，搭乘遣唐使船去中国是需要很高觉悟的。

承和五年（838），又一队遣唐使船队出航。圆仁乘坐第一艘船，计划于六月三十出发。一开始，他们为了等待起风而在船上待命，延迟了三日。其后，为了慎重起见，第一艘船又在志贺岛以东停泊了五日之久。虽然他们幸运地避开了暴风，但是因为海浪过大导致船驶进了浅滩。他们的运气可谓是差到了极点。当时，搁浅的第一艘船已经十分接近大陆了。后来是前来迎接的船解救了他们。七月初二，他们终于抵达了东梁丰村。

和空海、最澄比起来，圆仁已经是算幸运的了。天气情况算是一个方面，此外圆仁的船上还有一位老练的新罗翻译。此人名为金正南，他使得整船人受益匪浅。金正南本身也是一名遣唐使。

圆仁将旅途的详细情况写成了游记，名为《入唐求法巡礼行记》。通过这本行记，我们了解到圆仁一行在海上多亏了金正南的帮助。到了唐朝以后，圆仁一行也得到了新罗人的百般关照。唐朝时期，有很多新罗人居留唐土，各地还建有新罗人的聚居处新罗院。

圆仁计划留在唐朝学习天台宗，但他未能获得唐朝的敕许。一行人中只有圆载一人获准留下学法，其他人必须回国。圆仁矢志不渝，打算以私逃的方式留下学法，遣唐大使藤原常嗣也默许了圆仁的计划，而实际制定出逃计划并施以援手的正是这位金正南。

遣唐使归国时雇用了九艘船，这九艘船全部是新罗船，船上的六十多名水手也是新罗人。

想通过逃走的方式留下的不止圆仁一人，还有惟正、惟晓、丁雄满三人。这些人还从大使处得到了二十五两银子，所以可以认为这次出逃是得到日本官方鼓励的。回国船队扬帆启航前，四人下船躲入山中，目送九艘船离开。

他们本想化装成新罗僧人，但在宿城村休息时露出了马脚。他们投宿到了新罗人家，结果暴露了身份。

遣唐使船返程的地点为楚州，即现在的淮安。淮安号称“运河之都”，是新罗人聚集地之一。像这种水陆交通要冲，往往有很多新罗人居住。圆仁等人被强制押上了第二艘船，由山东半岛南岸启航北上，漂往一个名为“乳山浦”的地方。

现在，当地仍然有乳山这个地名。圆仁在此苦苦哀求当地官差，希望能够留下来，仍未能如愿。雷雨大风也不甘寂寞，时常光顾乳山。大约过了一个月，圆仁等人被强制要求离开。途中经历了触礁等磨难，他们到达了赤山。赤山位于山东半岛尖端的靖海卫附近。靖海卫在半岛尖端的南部，而半岛尖端的北部正是著名的威海卫。威海卫几乎位于靖海卫的正北，二卫一个朝南，一个向北，隔岛尖遥相呼应。威海卫因中日甲午战争而广为人知。

赤山之中，有一座名为“赤山法花院”的寺院，依靠张宝高的施舍得以维持。张宝高是新罗商人，是一位很有实力的人物，可以拥立新罗王。张宝高捐赠的庄园每年可以产五百石粮食。圆仁等人自然会选择在该寺借宿了。

某天夜里，圆仁等人乘坐的第二船扬帆起航了。当然，是在“撇下”圆仁等人的情况下出发的。六天后，大使藤原常嗣乘坐的船队到达赤山浦。他们也曾与法花院联络，但是也同样“抛弃”了圆仁等人。毋庸置疑，这是善意的抛弃。

遣唐大使等人返回日本。而圆仁等人因为被“抛弃”，故而没办法回去了，他们就自然而然地留了下来。

这样，圆仁开始了长达十年的留唐生涯，因为他属于非法居留，所以与官署的交往注定会充满艰辛。但圆仁的身份是僧侣，所以他居留的目的比较清楚——巡礼、朝拜、修行。加上他还得到了新罗人的相助，最后圆仁远赴青州终于得到了官方验证。有了验证公文，他就拥有了自由旅行的权利。换句话说，就是他拿到了中国的“绿卡”。

最初他打算南下天台山，后来改变了计划。他决定先向西拜访五台山。朝拜五台山之后，他又一路奔向长安，准备亲自朝拜一下唐朝佛教中心。

据圆仁的游记记载，由青州赶往五台山的途中，他也屡次借宿新罗院。圆仁每到一地就会出示验证公文，只要该地有新罗院，地方官员就会把他领至新罗院。可以说，没有新罗人的帮助，圆仁是无法在大唐求法礼佛的。

我们通过圆仁的记述可知，唐朝时期居住在中国的新罗人多得有些超乎想象。据研究圆仁《入唐求法巡礼行记》的专家讲，书中涉及的新罗人数几乎和唐人不相上下。留唐十年期间，圆仁一直生活于新罗人的圈子中，并以这个圈子为中心开展各种活动。

上文提到新罗人张宝高在山东半岛的顶端建立了赤山法花院，该寺完全可以视为一座“新罗寺”。张宝高身为贸易商人，建立这座寺庙或许是为了祈求航海安全吧。

翻开东亚地图会发现，从中国大陆探出的山东半岛、辽东半岛与朝鲜半岛呈犬牙交错之势。它们之间有近海相隔，这些半岛之间可谓“一衣带水”。

朝鲜半岛与中国大陆山水相连。也许你会认为很多新罗人会走陆路到达大唐，即越过鸭绿江、横穿辽东辽西的平原奔赴大唐。实际上则不然，唐朝时期的新罗人一般会通过“一衣带水”的海路到达中国。

现在中国的东北居民几乎都是山东移民。东北话一般被认为是山东话的变种。山东人闯关东时，一般不走陆路。他们通常都是走海路。这是因为“一衣带水”的海路更加便捷。走陆路是指越过黄河，穿过华北平原后，经过山海关到东北。大部分闯关东的人都是利用“一衣带水”之便，由山东半岛直接到达辽东半岛的。

为了方便接纳山东半岛的移民，辽东半岛的最南端开设了“旅顺口”。旅顺是“旅行的顺路”之意，后来发展成为一座军港城市。旅顺曾有一段时期与附近的大连合并，成立了“旅大市”。如今，两地再度分开，回归到从前的旅顺、大连分立的状态。

称德天皇之天平神护元年（765），出使唐朝的藤原清河将要返回日本。日本政府特意派遣高元度前去迎接。据《续日本纪》记载，高元度一行由渤海国正使杨方庆陪同，经渤海道进入大唐。渤海国的西京位于鸭绿江的上游，由此顺江而下，途经旅顺后奔向山东半岛。这样的行走路线，确定是渤海道无疑了。

由旅顺至山东半岛北岸的烟台，直线距离大约只有90海里（170千米）。这个距离与日本下关到韩国釜山的距离差不多。这两个半岛确实可以称得上是“一衣带水”。

旅顺有个地方名为“鸿胪井”，“鸿胪”是何意呢？古代“鸿胪馆”是指迎接外宾的官署，亦是住宿之处。唐都长安有“鸿胪馆”，日本也有“鸿胪馆”。日本为了接待来自渤海国的使节，在能登设立了鸿胪馆。除了国都外，太宰府也设立了鸿胪馆。

渤海国的存续时间为公元7世纪末期至10世纪初期，其领土范围在朝鲜半岛北部至中国东三省东南部一带。渤海国由高句丽遗民建立，而高句丽亡于大唐。高句丽亡国后，其遗民从唐王朝独立出来。唐不得不承认这一既成事实，初封其首领为渤海郡王，后又封为渤海王。

渤海国虽然得到了唐朝的承认，但毕竟是通过反抗建立的国家，因此同宗主国的关系很是微妙。渤海国与新罗接壤，新罗又是唐的同盟国，所以渤海国与新罗的关系也时而紧张。故此，渤海国在外交中比较重视同日本保持友好关系。渤海国的使节屡次造访日本，与日本文人诗文互赠，成为一时盛景。据说渤海国对日本文化产生了很大的影响。如前所述，日本迎接遣唐使时，会拜托渤海国的使节充当向导，走海路入唐迎接使臣。初期渤海国对唐采取抵抗政策，后来双方关系变得极度密切。可见，国与国的关系都是由国家利益决定的。

入唐的日本使节与入唐的渤海国使节关系非常密切。804年藤原葛野麿担任遣唐大使来到唐朝，他在长安与渤海国王子相见。他们本来相约再见，因藤原葛野麿次年必须尽早回国而未能如愿。藤原葛野麿向渤海国王子送上书信，以示告别。实际上这封信是空海代笔的，所以被收录到空海的

《性灵集》中。此信言简意赅，称得上名篇佳句：

> 渤海、日本地分南北，人阻天池。然而善邻结义，相贯通聘。往古今来，斯道岂息。

这是书信开头部分的内容。在表达能够入唐这件事时，文中用了“并非常喜悦”这样的辞藻。

迎接藤原清河之前，新罗和日本的关系尚未恶化。我们可以推测当时入唐路线：遣唐使船先沿朝鲜半岛西岸北上，经由辽东半岛的旅顺到达山东半岛，然后由山东半岛上岸前往长安。

其实距当时五百年之前，日本的使节就已经渡海抵达大陆了，《魏志·倭人传》等史书可以印证此事。很多人对关于邪马台国的论争、卑弥呼问题饶有兴趣。其中有一点非常值得注意：

> 景初三年六月，倭女王遣大夫难升米等诣郡，求诣天子朝献。

首先，将此句中的“郡”理解为带方郡（以今首尔为中心）应该不错。

卑弥呼之所以能够遣使诣魏，是因为司马懿平定四郡的缘故。景初二年，司马懿率军攻破公孙渊，收服了辽东、带方、乐浪、玄菟四郡。这样一来，从朝鲜半岛经辽东至山东半岛的路线便畅通无阻了。而司马懿能够远征辽东也是有前提条件的，即诸葛亮已死。在曹魏远征辽东的四年前，强敌蜀汉的丞相诸葛亮逝于五丈原。《三国志》与东亚的历史密切相连，与日本也有着千丝万缕的关联。

日本下关与韩国釜山可谓是一衣带水。朝鲜半岛的政治中心在首尔，而仁川则被视为是首尔的出海口。从仁川的角度看，中国大陆和仁川才是一衣带水。

1894年中日两国爆发了甲午战争。中日韩之间的“一衣带水”成为了非常严重的问题。

根据《天津条约》规定，中日两国应同时从朝鲜撤兵，两国的任意一方向朝鲜派兵，需通知另一方。如果一方派兵朝鲜，则另一方同样拥有派兵朝鲜的权利。

朝鲜政府此时正被东学党起义的事闹得焦头烂额。

朝鲜与当时的中国是藩属与宗主的关系，从近代国际法的角度看，当时的中朝关系令人难以理解。这种关系与殖民地、领属关系、保护国等情况不相符合。朝鲜国王接受中国的册封，并因此获得前往中国朝贡的权利。所谓的朝贡就是拿着己方的贡品，换回中国皇帝的赏赐，得到的要比带去的多很多，所以是一种有利可图的交易。不仅朝鲜如此，越南、琉球等国也如此。朝贡国获得写有“封汝为某国之王”的诏书后，就等于拿到了进行这种有利交易的许可。

原则上，中国完全不干涉接受册封国家的内政。所以，即便接受了中国的册封，受册封国仍是完全独立的国家。所谓的“奉为正朔”是指接受和使用中国的年号和历法而已。换言之，接受册封的国家仅需要承担年号和历法的义务而已。但是，如果受到册封的国家爆发大规模内乱或受到外来侵略，根据其国的请求，宗主国需尽发兵援助的义务。李氏朝鲜是一个长命政权，持续时间长达五百年。在其统治末期的动乱之前，仅向宗主国请求过一次发兵援助，即丰臣秀吉侵略朝鲜之时。

当时中国处于明王朝的统治之下，当朝皇帝为万历皇帝。其实，当时明朝的日子也不好过，由于奢侈浪费，明朝的国家财政相当困难。因为李氏朝鲜请求发兵相救，万历皇帝最终只能勉强答应。明朝的援军由大将李如松统领，他虽为明将，但实际上是朝鲜族。虽说中国是以汉族人为主体的国家，但自古至今都是一个多民族国家；虽然李如松率领的是货真价实的明军，但恐怕也是一支以朝鲜族官兵为主力的明军。

明朝考虑到丰臣秀吉作乱朝鲜，可能是因为朝贡贸易，因此双方在媾和时中国向日本递交了国书，国书上写有“封汝为日本国王”的字样。明朝当时采取的既定方针是“可以册封，但先不许朝贡”。明朝通过册封的形式赋予日本朝贡贸易的资格，但考虑到日本可能会因此作乱，所以具体什么时候能朝贡则视情况而定。根据赖山阳的《日本外史》记载，丰臣秀吉接到明朝的国书后怒毁国书。但是，这封锦制国书现存于世，并没有被破坏过的痕迹。而且，当时的文献记载丰臣秀吉接受了“日本国王之印”，接受了明朝赐予的官服，还接待了明朝派遣的使者。可见，《日本外史》为了烘托丰臣秀吉威武不屈的形象而歪曲了史实。

朝鲜在李朝末期再度请求宗主国出兵援助，此时的宗主国已经由明变为了清。在明亡清兴的历史转换期，朝鲜承诺奉清朝为正朔。但与此同时，他们在一段时期内仍然使用明朝的年号。清朝没有直接干涉朝鲜内政，也没有强制朝鲜人剃发易服。

当时的朝鲜政府无力镇压东学党起义，所以请求宗主国发兵相助，朝鲜政府实际上是在日本的再三授意下才这么做的。那么，日本政府为什么热衷于此呢？这是因为根据《天津条约》规定，如果清朝出兵朝鲜，那日本就可以顺理成章地出兵朝鲜了。怂恿朝鲜向清朝请兵，然后从中渔利，这就是日本热心推动此事的真正原因。

日本首相伊藤博文就不用提了，从外相陆奥宗光的外交手腕中也可见其端倪。陆奥外相还著有《蹇蹇录》一书，记载了当时发生的详细情况，我们只要读一读《蹇蹇录》就可轻易了解事情的经过。为了写小说，笔者还阅读了当时清朝的记录——主要是袁世凯（清朝驻朝官员）与李鸿章（总理外交事务）的往来电文。这些电文无聊至极，读之令人数次掩面叹息。我对袁世凯的印象是——软硬不吃的滚刀肉，他在朝鲜任职期间还比较年轻，常被陆奥外相玩弄于股掌之间。

驻汉城的日本外交官怂恿袁世凯道："东学党如此嚣张，为什么不向朝鲜派兵镇压呢？"日本外交官屡次拜访袁世凯，装出一副自己就是那么想的样子。代理公使杉村和书记郑永邦演了一出漂亮的双簧。郑永邦这个名字，乍一看像是中国人的姓名，实际上他是地地道道的日本人。他的姓氏为"郑"，或许他的远祖来自于中国。郑氏家族在长崎长期垄断着通事（翻译）一职。

当时在天津的李鸿章终于决定出兵朝鲜了，但他十分担心日本对于中国出兵的态度。如果日本也同时出兵，必将加剧两国军事冲突的危险，因此李鸿章对于出兵朝鲜持谨慎态度。而袁世凯则不然，认为不必担心日本，说：我与杉村交往甚密，能够体察他的语气。他只关心在朝日本商人的安全而已……

袁世凯给李鸿章发了这封电报。根据袁世凯的观察，如果中国出兵朝鲜，日本充其量只会派出少量军队，保护日本侨民的安全。杉村和郑永邦的表演彻底欺骗了袁世凯。最终，中国下定决心出兵朝鲜镇压东学党起义。

这又是一个“一衣带水”的问题。中国一旦根据《天津条约》通告出兵朝鲜，日本同时派兵的话，则可能会“起个大早，赶个晚集”。《蹇蹇录》中提到：

> 彼我至朝鲜不等距。彼蒸汽船自山海关或大沽出，以相当之速力直航仁川，仅需十二三小时可达目的。而我船自广岛县下宇品港出，直航仁川，则必费四十余小时，相差甚远……

陆奥外相在书中明确地表达了这种苦恼。该书中还直言不讳地列出了解决方案：

> 余等须在领收清国公然出兵通知前两日出兵，即六月五日派大鸟公使搭军舰八重山、出帆横须贺……

这样一来，大鸟公使率领三百海军、一户少佐率领一队陆军于六月九日到达了朝鲜仁川。

尽管日本提前行动，但清军还是沾了“一衣带水”的光，早日军一日到达了朝鲜。六月九日，清军到达牙山湾。但清军全体人员上岸已是六月十二日了。显然，清军的行动有些迟缓了。

日军虽然迟一日到达，但是当天就冒雨赶到了汉城。

具有讽刺意味的是，当清日两国军队到达朝鲜后，东学党起义已经平定了，且《全州合约》业已签订完毕。得到消息后，李鸿章决定撤回清军，因为当时的清军是他的嫡系北洋军。如果清军撤出朝鲜，那么日本也必须撤军。这显然是日本最不愿出现的结果。于是日方开始强调“虽然内乱平定了，但只是表面现象而已”，企图找借口拒绝撤军。因为情况“极密”，所以当时未发电报，陆奥宗光急派加藤书记官向大鸟公使传达了训令。

陆奥的“极密训令”内容如下：

> 今日之势已如箭在弦，开战不可避免。因此，当以责不在我为限，采取一切手段制造开战口实。

也就是说这是一场非打不可的战争。陆奥实际上是在向大鸟公使下达战令。“当以责不在我为限……”则是为开战寻找一个冠冕堂皇的理由罢了。而诸如“如箭在弦”“战争势在必行”这类措辞则相当粗鲁。不仅中日甲午战争如此，其他战争前也大抵如此鼓吹。笔者以为，如何拉回“在弦之箭”是十分重要的，也是我们人类共同面对的课题。而且这个课题并不过时，现在也还没有解决。

在个人生活方面，想收回“在弦之箭”都不是件容易的事。若是个人之间的冲突，结果至多也就是互殴、绝交。即便是在冲突中受了点伤，有一个星期时间也能恢复得差不多。而拥有武装力量的国家则不然，一旦发生战争，其结果不堪设想。很多人会因战争而失去宝贵的生命，很多人会在战争结束后成为失去亲人的遗属。

中日甲午战争之前有“甲申政变”在先，甲申政变之前还有“壬午兵变”。可见，“如箭在弦”的根源相当久远。

甲申政变发生于1884年，旧历为甲申之年。为了扶植朝鲜亲日政权，日本策动了一次军事政变。然而，这次政变却只是昙花一现。政变后没过几天，这个短命政权便以失败而告终。政变的发动者金玉均不过是一个亲日政客，甚至让人觉得可怜。我写小说的时候，参阅过金玉均的日记，名为《金玉均手书日记》，收录于《伊藤博文秘书类纂》中。日记上写有“明治十九年四月写于总理府”字样。如此可知，这份日记是手抄本，大概抄于事件发生两年之后。读罢日记，有些地方颇令人生疑，甚至会让人觉得：“金玉均真的是这样写的吗？”所以，此抄本可能并不是完全照抄原文。原文是用汉语写的，按照当时朝鲜的习惯，一些国名的称呼方式应该同中国一致，如称呼法国为“法”，称呼美国为“美”等。而这份抄本中却采用了与日本一致的说法，如称呼法国为“仏”，称呼美国为“米”。出现这种情况的原因比较复杂，可能是他本人为了让日本人更容易读懂而故意为之，还有可能是抄写之人随手篡改了原来的写法。关于国名的写法尚好理解，内容方面亦不乏可疑之处，有些地方甚至可能存在篡改事实的情况。抛开几处可疑的细节，日记中关于政变的记述大体如下：

1884年12月4日夜，在新落成的汉城邮政局内召开了“汉城邮政局落成庆功宴”。亲日派计划当晚在离宫以放火为信发动政变。首先，亲日派以担心国王的安危为由进入皇宫，然后依照计划将反对派肃清。当然，放火只是一个信号，并不一定非得在离宫进行。

根据金玉均日记所讲，包括他本人在内出席当晚宴会的共19人。分别是美国公使及书记、英国总领事、清朝领事及书记、日本的岛村书记和川上翻译、朝鲜聘用的外国海关关长穆林德夫，共8位外国人和11名朝方要人（也有人持十人说）。11名朝鲜政要中包括金玉均为首的政变派，也包括被政变派列入肃清名单的闵泳翊等人。因为日本是政变的幕后推手，所以岛村书记对即将发生的情况当然是心知肚明的。

“着火了！着火了！”写小说时，这一幕当然是一个必不可少的高潮情节了，用于描写当外面传来呼喊声后整个宴会的情景。闵泳翊最先逃了出去，他被埋伏在邮政局外的政变派壮士砍伤，浑身是血地返了回来。据金玉均所言，闵泳翊是被急于建功的日本人砍伤的。前营使韩圭稷身为军中将领，必须参与救火，因此他也急着往外冲。

日本方面也有一部文献，名为《朝鲜京城事变始末书》。据该文献记载，岛村书记官与美国公使从后面出去一看，火势已经变弱，于是放心地走进了餐厅。其后，岛村因小解离开了房间，当他正要回房间时，情况发生了变化。外面乱成了一团，他询问了缘由，并没有人知晓具体情况。因为有人身受重伤，所以参加宴会的客人们都各自散去了。岛村刚一回到公使馆，英国总领事也到了，他对岛村讲闵泳翊被刺客行刺，身受重伤。因外面发生骚乱，英国总领事想借日本公使馆的卫兵护送自己回公使馆。岛村与公使商议后，派了两名卫兵护送英国总领事回府。也就是说岛村是此时才得知闵泳翊遇刺受伤的，至于放火与政变是何关系他并不知情。

岛村当然是知道政变的。当夜的暗号是“天”（“天天”的朝鲜语发音是“慢点”之意）和日语的“ヨロシ”（“还可以、不坏”之意）。宴会上，金玉均与岛村相邻而坐。据金玉均日记记载，金玉均问岛村：“您知道天吧？”岛村回答说：“ヨロシ。”另外，宴会中还出现了一个人，与金玉均见过面，此人与金玉均联系说无法在离宫放火。金玉均指示无论在哪儿放火都无妨，然后返回了餐厅。金玉均向邻座的岛村告知了此事，当时岛村脸色大变，忙问：“你准备怎么办？”金玉均回答说：“还有其他办法，不用担心。”除了金玉均和两位日本人外，出席宴会的其他人都不懂日语。金玉均还写道，之后岛村还是难以掩饰不安的表情。

我在小说中写道：“岛村端起桌上的玻璃杯，手指却不停地颤抖。”历史记录中当然没有这样详细，但金玉均日记中有这样一句话：

> 岛村大有不安之意。

手指不停的颤抖是我自己想象的，小说中这么写也并不算脱离史实。

《事变始末书》中说岛村完全不知情，这是欲盖弥彰。

关于甲申政变，研究得最为细致的要数韩国西江大学的李光麟博士了。西江大学是具有天主教背景的名牌大学，最近我有幸拜访了该校，受到了李光麟博士的诸多指教。

我曾经以为甲申政变的相关资料中，只有金玉均日记最为详细、最有参考价值，并且一度认为除此之外，没有什么资料可与金玉均日记相媲美。但李光麟博士说，还有尹致昊的日记甚为珍贵。尹致昊也是出席邮政局庆贺宴会的当事人之一。尹致昊日记是李光麟博士亲自从尹家搜集到的，极为珍贵。在朝鲜沦为日本殖民地的时代，尹致昊曾参与暗杀寺内正毅总督的计划，因此获刑六年。这位曾经的抵抗者后来来了一个一百八十度大转弯，与日本通力合作，并当选为贵族院议员，所以他的名声并不好。但笔者认为，他实际上是一位坚持独立主义的爱国者。言归正传，尹致昊的日记中透露了很多不为人知的细节。例如，在邮政局庆贺宴会上，美国公使福特手扶墙壁对大家说道：

> 美国有一句谚语说得好：我家的墙还没有烧热，着什么急逃命。

福特可能是为了让骚乱中的人们保持冷静，才抬出了本国的谚语缓和气氛的吧！

当然，骚乱的原因可不只是有人故意放火。现场还有像金玉均、朴泳孝、洪英植这样的政变派，以及幕后的支持者日本人。他们肯定是很兴奋地期待着火灾的发生，而福特觉得这不过是一场意外而已。这就是知情者和不知情者的区别。细想起来，这个小插曲非常耐人寻味。如果能早些知道这段逸事就好了，我一定会把它写进我的小说之中。

长胡子

元代时期，汉文化、汉人的生活方式甚至是居民的生命都面临着危险。中国北部是在窝阔台汗（成吉思汗之子）时期纳入到元朝统治之下的。到了忽必烈汗时代，改国号为“元”，并为其祖先补上了庙号。成吉思汗为太祖，窝阔台汗为太宗，忽必烈汗去世后，被称作世祖。

这种中国式的称呼不管是否出于统治的需要，却也是认可中国传统的体现。窝阔台汗初定中国北方时，蒙古族对中国文明没有一丝敬意。窝阔台汗的近臣别迭等人进言道：“汉人无补于国，可悉空其人以为牧地。”意思是汉人没有什么用，全部杀光后，将其土地变成牧场。

这个方案简直丧心病狂，我认为这个提案绝不是说说而已，而是其人真是那么想的。

当时中国北方有一部分地区确实实行了这样的措施，将农田撂荒，砍掉养蚕的桑树，然后将其变成马、羊等牲畜的饲养场。蒙古族人看见麦田、黍田脑中的第一反应肯定是，“此地一定可以长出优良的牧草”，因为谷物、蔬菜等与蒙古族的饮食生活毫不相关。蒙古族人日常都吃牛羊肉、乳制品，比起麦子、黍子这类东西，还是牧草更令他们感兴趣。

“悉空其人”真是令人惊悚，但他们的确这么干过。成吉思汗派遣的使者被花剌子模的地方官员杀害，货物也被掠夺一空。作为报复，成吉思汗派出了大规模的远征军，结果几百万花剌子模人被屠杀，撒马尔干、布哈拉被夷为平地。撒马尔干真正重建已是150年以后的事了，也就是说到了铁穆尔时代撒马尔干才得以重建。位于阿富汗北部的范延堡则更为悲惨，居民被屠杀殆尽，城墙被拆毁。凡是活物一律不留，连草木都被连根拔起。据传是因为爱孙在此地身中流矢而死，所以成吉思汗采取了上述报复手段。

因为有前述的“前车之鉴”，所以说中国北方人民真可谓是命悬一线。这时，一位契丹族大臣耶律楚材站了出来。他反对屠杀居民、圈地撂荒的计划。“陛下将南伐，军需宜有所资，诚均定中原地税、商税、盐、酒、铁冶、山泽之利，岁可得银五十万两、帛八万匹、粟四十余万石，足以供给，何谓无补哉？”

这段话的大意是，陛下您即将南征，有必要确保军需。中原的地税、商税、盐、酒、冶铁、山泽每年可以带来很大的利益。每年可能得到五十万两银子、八万匹帛、四十余万石粟。怎么可以说对国家没有用呢？

听到耶律楚材的建议，窝阔台汗说道：“卿试为朕行之。”这样，耶律楚材就等于挽救了数百万的生灵。不仅仅是生命，得以延续的还有文化传统。

耶律这个姓氏乃辽朝的国姓，辽朝是契丹族建立的北方王朝。唐末国力衰微，中国进入到五代十国的分裂割据时代，一直持续到宋朝建立。此时，由契丹族建立的辽朝统治了包括北京在内的燕云十六州地区。辽朝对汉族和契丹族实行了分治，但也未能阻挡契丹族的汉化。为了保住契丹族的文化血脉，他们创造了国字契丹字。西夏是党项族人创立的国家，他们也创造了自己的文字西夏文。同样，金王朝创造了女真文，元朝创造了蒙古文，清王朝创造了满文。少数民族若要抵御汉化，首先必须从创造自己的文字开始。

蒙古文字借自当时的维吾尔族人使用的“畏兀儿文”。“畏兀儿文”是表音文字，可以书写其他语言，满文也属于这个系统的文字。

创造契丹文字的大辽最终亡于金之手。金位于辽的东部，是女真族建立的政权。女真族是渔猎民族，他们一跃而起成为统一北方的政权。因为金朝缺乏能够维持国家机器运转的实用性人才，所以大量留用了辽朝的官员，因此很多辽朝的遗民为金所用，耶律楚材就是其中之一。他最初在燕京任职，为金朝效命。其后，燕京被成吉思汗攻破，耶律楚材做出了与祖先相同的选择——为新政权效命。

成吉思汗对降服的耶律楚材说："辽与金为世仇，吾与汝已报之矣！"大意是，辽为金所灭，所以对你来说金是世仇。我为你报仇雪恨了。

耶律楚材回答说："臣父祖以来皆尝北面事之，既为臣子，岂敢复怀贰心，仇君父耶？"大意是，臣之父祖降金，已为金臣。金乃臣之君也，何谈复仇啊！据说耶律楚材的回答正中成吉思汗的下怀，他听后异常高兴。

从辽亡至成吉思汗蹂躏燕京，约有一百年时间，对一个家族来说，大概是三四代人的时间。古代一个人从成长、独立到退出一线、隐居大概为三十年。"世"这个字最初源自"卅"，一百年对于一个正常家族来说可能会繁衍三世、四世。对于（因早婚等）交替较快的家族来说则有可能繁衍五世。如果一个人在这么长时间以后还一直倾心故国，视当前的君主为仇敌的话，那么此人一定不是一个安分守己之人，不可放心任用。“为你报仇雪恨了……”或许是成吉思汗想施恩于耶律楚材，让其倾尽全力为自己效命，所以特意这样说的。但耶律楚材明确表示，金是君，不是仇敌。虽然耶律楚材这样说违逆了世界征服者的意见，但反而使其心生敬佩。

耶律楚材是一位伟丈夫，《元史》记载他身高八尺。元明时期的尺与现代的尺相差无几，也就是说耶律楚材是一位身高远超两米的巨人。

“美髯宏声”是说他长着漂亮的胡须，说话声音洪亮。《新元史》则说他“声若洪钟”。这样的人物放在哪里都是相当出众的吧！成吉思汗称他为“吾图撒合里”（音近：乌尔图·萨哈尔）。蒙古语中“乌尔图”是“长”的意思，“萨哈尔”是“胡须”的意思。乌尔图·萨哈尔合在一起就是“长胡子”。据说这个称呼不仅有“长胡子”的意思，还含有“超人”之意。

还有一件事情值得一提。据说当时西域的“历人”（天文学者）预言某天将会发生月食，耶律楚材却不以为然。到了那一天，果然没有出现月食。耶律楚材也预言某天将会发生月食，结果到了那一天果然出现了月食。

耶律楚材还根据西天出现“长星”，预言了金宣宗的死亡。据说也应验了。

在丝绸之路旅行时，我欣赏了一部短剧，短剧中穿插着歌舞，表演内容为祭祀、结婚仪式等。剧中出现了各种故事情节，其中有一个场景令人印象深刻。调解各种纠纷。这个类似于日本水户黄门式的人物名为“阿克·萨卡尔”，“阿克·萨卡尔”在维吾尔语中意为“白胡子”。

看了维吾尔族的歌舞短剧“阿克·萨卡尔”，我联想到了耶律楚材。据说成吉思汗之子窝阔台指着耶律楚材说：“此人天赐我家，尔后军国庶政，当悉委之。”

我认为，与其说耶律楚材是上天赐给蒙古的，还不如说是上天赐给全人类的救世主。

燕京（北京）沦陷后，金朝割据河南拼死抵抗。元朝的既定政策是“降者留，逆者杀”。包围汴梁（今开封）时，金朝的抵抗尤为激烈，元朝军队蒙受了巨大的损失。负责攻城的大将速不台派使者向窝阔台奏报：“金人抗拒持久，师多死伤，城下宜屠之。”所谓屠城就是指杀掉城中所有的人。耶律楚材急忙进宫劝阻。他上奏说：“将士暴露数十年，所欲者土地人民耳。得地无民，将焉用之？”这段话的大体意思为：兵将数十年苦心战斗，是为了获得土地和人民。如果得到了土地却没有了人民，那又有什么用呢？

窝阔台听了以后还是犹豫不决。因为根据定例，汴梁的情况属于屠城之列了。耶律楚材进一步劝阻道：“奇巧之工，厚藏之家，皆萃于此。若尽杀之，将无所获。”经过耶律楚材耐心地劝说，太宗终于打消了屠城的念头。

耶律楚材的上奏是在破坏惯例，所以他自身的安全也有可能受到威胁。所谓的“奇巧之工”“厚藏之家”不过是他的华丽说辞，他想救下的并不仅是手艺、资财，而是人命。

据说因少有战乱，当时汴梁城的人口达到了147万，其中就包括了诗人元好问。元好问效命于金朝，曾与耶律楚材是同僚关系。汴梁城陷落之前，他致信耶律楚材，请求耶律楚材保护文人。

汴梁城陷落后，三教（儒、佛、道）之人、医生、工匠等被带出城外。然后，一场针对汴梁的大抢掠开始了。抢掠的同时当然会伴随着种种暴行。被带出城外的只是被视为“有用的人”。换句话说，汴梁只是未被全面屠城而已。

耶律楚材此时做了一件重要的事，就是将汴梁城中的孔子第五十一世孙孔元措救出，并封为“衍圣公”。

有句话讲，“可以在马上取天下，但不能在马上治天下”。蒙古帝国也是在得到了像耶律楚材这样的人才后，才得以维持在中原的统治吧。蒙古族是游牧民族，夺取天下后如何经营农耕区域是个难题。一般来说，他们并不十分了解其中的玄机。不谙实务的蒙古人选择了任用色目人。这些色目人主要是粟特人，他们具有经商传统，以卓越的经济才能著称。但如果让他们去处理政务又会如何呢？笔者认为，他们难免会把政治搞成“商人政治”。例如，当时有人想以白银一百四十万两承包全国的赋税征收。征税承包人向国家上缴一百四十万两白银，当然是想征收高于这个数额的赋税作为自己的利润了。商人的本能就是增加利润，所以他们一定会采用严酷的办法征缴赋税。“此贪利之徒，罔上虐下，为害甚大。”这是耶律楚材的意见，因为耶律楚材的反对，此事只能作罢。

马上的政治不可取，商人的政治也不行。政治以人为对象，理念最为重要，耶律楚材想把政治交给“儒”。他进言道：“制器者必用良工，守成者必用儒臣。”

为了增强说服力，耶律楚材再次抬出了“良工”，这多少有些功利的感觉。但对于蒙古的头领们来说，这样的措辞最容易理解的。对于游牧民族来说，那些精美的器物是多么令人叹服，他们对能工巧匠怀有敬佩之心也符合常理。

耶律楚材将良工和儒臣放到了同等重要的位置，这至少可以证明蒙古皇帝是非常重视“良工”的。通过耶律楚材的进言，我们亦可以有所感知。耶律楚材在上书推行科举制度时，也使用了以上的说法。窝阔台对实施科举的意见是，那就试试看吧。

丁酉年（1237）距离汴梁陷落已过了四年，当年进行的科举可以视为耶律楚材解救“文人奴隶”而采取的办法。不仅汴梁如此，河南其他被蒙军攻占的地方也未能幸免，蒙军所到之处，当地居民全部沦为奴隶和奴婢，其中也包括“儒人”。

考试共分经义、词赋、论三科。“科举”其实就是“通过分科考试选举人才”的意思。在此之前，元朝还颁布一项特殊的命令：“儒人被俘为奴者，亦令就试，其主匿弗遣者死。”意思是被俘成为奴隶之人也能参加考试，如果主人藏匿奴隶、不准其参加考试的话就会被处以死刑。那个时代的人命真是不值钱，作为敌人会送命，作为自己人如违反命令也会没命。

这一年，科举及第者为4030人。据说及第者中曾沦为奴隶的人占四分之一，也就是说这次科举解放了1000名奴隶。

有人批判说耶律楚材解放的都是文人奴隶，而不涉及身份地位更卑微的普通奴隶。大家不要忘了，耶律楚材只是一个建言献策的官员，而非决策者，或许他已经尽了自己最大的努力。

从前的科举都是定期举行的，但元朝人觉得没必要那么麻烦。他们觉得，直接将这四千余名及第者编为“儒户”就完了。元朝实行的不是征兵制，简单说来，元朝由“军户”直接提供兵源，如果一个人有军人户籍，那么他的家族便世代为国服兵役。同理，如果这些及第者被编为“儒户”，那么他们的家族世世代代为国家提供办事员、书记。丁酉年科举是一次“个性十足”的科举，甚至可以说“前无古人后无来者”。所以，有些人质疑这次科举到底是不是真正的科举。

耶律楚材想拯救的不仅仅是儒者。汴梁陷落时，三教之人都被带出了城外，也就是说佛教和道教之人都在他的拯救计划之内。耶律楚材随成吉思汗、窝阔台汗常年东征西讨，亲眼目睹了太多的生离死别。或许是这个缘故，他开始渐渐倾心于佛教。他的文集题为《湛然居士文集》，“居士”是在家修行的佛教徒之意。

劝诫杀戮，解放奴隶，反对重税……他为好利之君谋取利益，与此同时极力在政治中注入佛家的慈悲。如前所述，位居人臣的耶律楚材真的已经倾尽全力了。

当色目人拉卜杜尔·拉赫曼提出以二百二十万两承包帝国课税时，太宗窝阔台也被巨大的利益所动摇了。戊戌年（1238）的税收为一百一十万两，也就是说色目人出的价码高出了实际收入的两倍。耶律楚材能想象到色目人将会如何横征暴敛，于是坚决予以反对，以至于到了“声色俱厉”的程度。

耶律楚材本来就“声如洪钟”，又痛哭流涕地加以劝阻，可想而知，当时的场面是何等激烈。据说当时太宗窝阔台汗甚至斥责他说：“你是来吵架的吗？”最终，色目人的承包请求得以试行，耶律楚材未能阻止，他叹息道：“民之困穷，将自此始矣！”

实际上，拉卜杜尔·拉赫曼的计划因地方实力派的反对而最终流产。能够阻止重税的仍然是一个“利”字。

耶律楚材的家世与辽朝皇室有着深厚的渊源。辽王朝的始祖为耶律阿保机，阿保机的长子是耶律倍（小名突欲）。耶律倍之弟为耶律德光，耶律德光乃辽朝的第二代皇帝辽太宗。耶律倍被封为东丹王，未能继承帝位。但耶律倍之子耶律阮却继承了辽朝大统，是辽世宗。第四任皇帝辽穆宗出自世宗一系，但第五代皇帝景宗以后的辽朝皇帝均属于东丹王系，这种情况一直持续到辽朝灭亡。据说耶律楚材是东丹王的九世孙，虽然他出自哪个支系已不可考，但肯定与辽朝皇室有着深厚的渊源。

契丹族是游牧于蒙古草原的一个部落，使用乌拉尔·阿尔泰语系的语言。辽朝建立之前，契丹人并无文字。建国后不久，契丹人马上创造了文字，这也体现出他们与汉文化分庭抗礼的决心。除了对抗外，拒绝同化、保持自立的意识也不容忽视。

南北朝时期的北魏完全被同化，鲜卑族拓跋部的固有文化丧失殆尽。契丹人将北魏作为反面教材，采取了将契丹族和汉族分治的政策。这种民族分治类似一种隔离政策，从长期来看效果并不好。

辽王朝尚存于世时还好，当辽亡于金后，契丹文和契丹语都逐渐消亡了。耶律楚材生活的时代距离辽朝灭亡仅过百年，那时契丹人中已经没有通晓母语之人了。耶律楚材才华横溢，但也不会自己民族的语言和文字。

耶律楚材的《湛然居士文集》（共十四卷）是13世纪中国文学的一大成果。侍奉成吉思汗期间，耶律楚材随军从征。远征的过程中，耶律楚材屡有诗作问世，如题为《西域清明》的一首诗作，就是他在西域大地上为迎接中国的传统节日清明节而作的：

清明时节过边城，远客临风几许情。
野鸟间关难解语，山花烂熳不知名。

蒲萄酒熟愁肠乱，玛瑙杯寒醉眼明。

遥想故园今好在，梨花深院鹧鸪声。

这里耶律楚材遥想的故园是何处呢？或许是契丹族的发源地内蒙古东部的西拉木伦河流域吧，又或者是耶律楚材生于斯长于斯的北京附近。元朝并未把他算入由多种族构成的色目人之列，而是把他归为“汉人”。从文化层面来讲，的确如此。

在侍奉成吉思汗从征西域的过程中，耶律楚材到过中亚。在那里，他见到了一位名叫李世昌的契丹人。辽朝灭亡后，皇族耶律大石率部西迁，在中亚建立了契丹族政权。中国的史家称其为“西辽”，而西方的史家则称为“哈喇契丹”。李世昌这个名字听起来像汉人，实际上是个契丹人，而且还是个被封为西辽郡王的契丹人。西辽还在使用契丹语和契丹文。耶律楚材向李世昌求教契丹文，并学习了自己的母语契丹语，此时耶律楚材已经年过三十。

耶律楚材还将初次听到的契丹民谣译成了汉文。我很想知道，翻译民谣时耶律楚材是心平气和的，还是心潮澎湃的呢？

喀喇契丹

西辽——喀喇契丹是一个不可思议的国度。除了知道它是个亡命政权以外，其他详细情况均很模糊。由于相关记载匮乏，更为这个国度披上了一层神秘的面纱。

通常认为，辽亡于1125年，即天祚帝耶律延禧被金所俘之年。自太祖耶律阿保机即位起，辽朝共历九代皇帝，享国210年。

辽亡后，一些不满于金朝统治的人逃往西方，建立了新的契丹族政权，他们的领袖是皇族耶律大石（太祖阿保机的八世孙）。耶律大石通晓契丹文和汉文，曾作为节度使统领一方，是一位文武双全的杰出人物。

耶律大石西奔时，正值天祚帝被金朝俘虏之前。因天祚帝逃亡阴山，所以燕京的人们拥立其他皇族为帝，是为天锡皇帝，耶律大石即为天锡皇帝的拥立者之一。后来，燕京沦陷，耶律大石又远赴阴山投奔落魄的天祚帝。

耶律大石遭到了天祚帝的严厉斥责：“朕还没死，你为何拥立别人当皇帝？”耶律大石回答说：“你虽未驾崩，但却弃国远遁，使黎民饱受涂炭之苦。我等拥立之人也为太祖子孙，总好过降敌乞命吧！”

面对大石的正义之词，天祚帝竟无言以对，于是就赏赐酒食赦免了他。但是，耶律大石感觉身在如此感情用事的君主旁边过于危险，于是他亲率二百铁骑乘夜逃走了。

游牧民族在草原上分布很广，并且很容易遇到生活方式相同的伙伴。而灭辽的女真族则不然，他们是渔猎民族，渔猎民族不像游牧民族那样在各地都拥有同伴。耶律大石到达北庭都护府（今新疆乌鲁木齐附近）后，纠集了契丹族和其他18个蒙古族系的部落。

耶律大石继续西征，再往西走就进入突厥族系塞尔柱帝国的版图范围了。但是，耶律大石是幸运的，塞尔柱帝国把主要精力放在了西方，几乎无暇守卫帝国的东部。

世界的历史是相互关联的。当塞尔柱帝国把触角向西延伸后，与西方十字军的战争就不可避免了。

塞尔柱的名相尼扎姆·阿布·穆尔克此时已经故去三十多年，他被“鹫之巢城”的长老哈桑·萨巴夫派出的刺客所杀。一代明君马立克·沙也于宰相遇刺后的第二个月暴毙于巴格达。塞尔柱帝国短期内痛失明君和名相，还不得不与十字军进行殊死厮杀，无暇东顾也就是理所当然的了。

对于耶律大石来说，情况并不算糟糕。

塞尔柱帝国的东境存在着一个同属突厥族系的国家喀喇汗王朝。与其说存在还不如说臣属更为合适，与强国为邻只有以依附的方式才能生存。其实，喀喇汗王朝比塞尔柱帝国建立得还早，只是被后起之秀压得抬不起头来而已。

喀喇汗王朝领土广阔，这是因为其境内有沙漠的缘故。该政权的统治中心共有两个，一个在巴拉萨衮，一个在喀什葛尔，也就是说该政权实际上处于分裂状态。

耶律大石的西辽辗转来到此地时，正值喀喇汗王朝认为自己将迎来独立良机之际。喀喇汗王朝长期臣属于塞尔柱帝国，饱受欺凌，他们对耶律大石的到来表示欢迎，举行了长达三日的大宴。他们也表达了脱离塞尔柱王朝统治的意愿。

喀喇汗王朝最终如愿以偿地摆脱了塞尔柱帝国的统治，却付出了被流浪政权喀喇契丹吞并的代价。历史总是惊人地相似，这样的例子其实并不鲜见。

被压迫的一方，总是希望出现一股新的势力，粉碎压在自己身上的大山。其结果就是，他们招揽了新势力战胜了旧势力，但自己又陷入到更强大势力的压迫之下。

《辽史》中耶律大石的庙号为德宗。伊斯兰史家称其为“古儿汗”（亦作菊儿汗）。《辽史》乃中国史家所著，书中称耶律大石是文武双全的帝王，但耶律大石自己的政权西辽——喀喇契丹竟无史书传世。

耶律大石率领十万大军“借了个道”，继续向西挺进，在撒马尔干附近击溃了塞尔柱王朝的苏丹桑贾尔。此事发生于1132年。

这个消息传开后，最为高兴的莫过于十字军了。对于十字军来说，桑贾尔统辖的伊斯兰军团是他们最大的劲敌。因此，西方流行这样的传说：“祭司王约翰是一名基督徒，他的子民信奉基督教聂斯托利派。祭司王约翰打败了伊斯兰军队……”而且，根据记载这个传说有多个年代的版本。

我们尚不清楚耶律大石为什么被传说为祭司王约翰，或许与他的姓氏“Yalu”的头音有些关联。对于十字军来说，他们一定抱有先入为主的观念——只有基督教的军队才能打败伊斯兰军队。能战胜强大的伊斯兰军队，除了基督教信仰以外，难道还有其他可能吗？对于当时虔诚信仰基督教的人们来说，他们这么认为完全在情理之中。

辽朝盛行佛教，所以耶律大石很可能是佛教徒，还有一种说法认为耶律大石是信摩尼教的。西辽是一个不热衷于修史记事的国度，所以当时的实情已不得而知。当然，也不能完全否定“耶律大石是一位拥有‘约翰’教名的基督徒”这种可能。当时的维吾尔族中有很多人信奉摩尼教。在由东到西的大迁徙中，契丹族受到维吾尔族影响，一部分人信了摩尼教也属正常。总而言之，耶律大石信奉佛教的可能性最大。同时，也不能完全否定“基督教徒说”“摩尼教徒说”。

“喀喇”是黑色的意思。无法想象逃到西方的契丹族全是一群“黑色的家伙”。可能是在途中加入其中的那些同伴认为，这些常年过着游牧生活的契丹人难免会遭受风吹日晒，肤色比东方城市里生活的契丹人要黑一些，故称他们为“黑契丹”，把他们与留在东方的契丹人相区分才是最重要的。日本也有类似的情况，例如让同一个队伍分成红白两组进行比赛。被分到白组的人也未必都是脸色白皙的人。

因十字军运动，欧洲人将目光投向了东方。欧洲的东方是伊斯兰世界，伊斯兰的东方则是佛教的势力范围。他们隐约地知道那边有个大国名叫CHIN（秦）。秦国早已不复存在，他们或许还知道现在的统治者为契丹。那个遥远的契丹中的一支，不远万里，一路向西，一直冲到了伊斯兰世界的背后。

这样一来，“契丹”逐渐演化为中国的代名词，在欧洲东部这种情况更为明显。现在俄语中将中国称为“Китай”（音：契塔伊），将中国人称为“китайский”（音：契塔伊斯基）。其他的欧洲国家也将类似的发音作为中国的别称。英国的航空公司中，有些公司以亚太地区为重要服务对象。这些公司的名称中通常会使用“CATHAY”（音：契亚赛）一词。毋庸置疑，这也是“契丹”的残留。

耶律大石的喀喇契丹并非是为了侵略而西迁的，而是被迫由东方逃亡而来的。向西逃亡的过程中，他们为了生存而不断地侵略。在这个过程中，喀喇汗王朝不幸成为了牺牲品。品读这段历史，人们会觉得这个王朝是何等的愚蠢。而当时的当事人并不知道会发生什么，甚至觉得自己是英明的。

后来被灭亡的喀喇汗王朝有两个统治中心，一个是巴拉萨衮，另一个是喀什葛尔。喀什葛尔距离现在的喀什市大约35千米，现在仍有遗迹可考。笔者跟随中国作家协会的人考察过喀什葛尔，因为当时路况很不好，我记得去的时候花了很长时间。

导游将此地称为“罕诺伊”。“罕”就是“王”的意思，“诺伊”为“宫殿”之意。“罕诺伊”就是此地为“王宫之地”的意思。

新疆地区有很多都城遗址，比较有代表性的是高昌遗址和交河遗址。高昌位于吐鲁番盆地，至今仍有很多宫殿和寺院的残垣断壁。交河城中还有很多民宅尚存，一些居民胡同都算作交河城遗址范围之内，在城中考察时能够感受到当地人的生活气息。

但是“罕诺伊”的遗址仅存一片荒野。地面上遍布微凸的隆起，据说都是府邸或者宫殿倒塌之后的遗迹。“罕诺伊”遗址甚至连高昌城那种“残垣”都不复存在了。

在喀喇汗王朝的遗址上出土了大量的铜钱，宋代铜钱天圣元宝数量最多。这显示该地区曾作为东西方的贸易枢纽而繁盛一时。“罕诺伊”始建于何时已不可考，京都大学的樋口隆康教授考察此地的时间要比我早几个月，他考察后的感觉是，“该遗址颇有唐代之风”。

灭掉喀喇汗王朝的喀喇契丹最终也没有逃过亡国的命运。女真族建立的大金灭掉了契丹，但后来亡于蒙古。蒙古人建立的元朝后来被明太祖赶回漠北，并最终亡国。此外，塞尔柱帝国、拜占庭帝国这些盛极一时的大帝国也灭亡了。这个世界上恐怕不存在永远的帝国吧！

突厥族系的喀喇汗王朝因信仰伊斯兰教而采用了阿拉伯文字，并曾致力于用阿拉伯文字来表达自己的语言。阿拉伯文字是表音文字，对此稍加改动是可以表达喀喇汗语言的，由此还诞生了很多文学作品。其中的佼佼者莫过于《库达德库·比力格》（*Qutadghu bilik*）了。该书的作者为玉素甫·哈斯·哈吉甫（原名阿吉·玉素甫）。书名的意思可以用汉字表示为“福乐智慧”。喀喇汗王朝时代还编有阿拉伯文字的突厥语辞典。

通常认为，《库达德库·比力格》写于1069年。玉素甫·哈斯·哈吉甫居住于喀什葛尔，也就是说这部不朽的名著写于已经变成平地的“罕诺伊”。《库达德库·比力格》诞生九百多年以来，突厥各民族一直使用相同的方式表达自己的语言。

进入20世纪，基马尔[1]着手推行文字拉丁化，并通过法律强制实施。现在，土耳其共和国已经不再使用阿拉伯文字系统了。在统治中亚期间，苏联也在突厥民族中推行了拉丁文字（实际上是推行俄罗斯文字西里尔字母）。

灭掉喀喇汗王朝的喀喇契丹最终还是失去了自己的语言

1　土耳其共和国的缔造者，又译为凯末尔。生于1880或1881年，卒于1938年。

和文字，虽然他们曾在短时期内使用契丹语和契丹文字。目前，辽代陵墓中出土的契丹文字几乎无人能够解读。

喀喇契丹并未留下过多的记录，或许是因为耶律大石觉得西迁是暂时的，东归故土是迟早的事情。所以，这些不光彩的逃亡生活没有必要详细记录。

耶律大石在西方积攒兵力，筹集军饷，筹备军需，发誓要报复金朝。耶律大石晚年终于实现了东征的愿望，他筹集了七万大军准备讨伐金国。然而这一次上天并没有眷顾耶律大石，因天气等因素，东征军中的牛马在途中多有病死。牛马主要用于骑乘和搬运，羊群是军队的军粮。牲畜在途中不断倒毙，可能因为瘟疫，也可能是天气原因导致牧草枯死而使羊群饿死。

耶律大石悲痛疾呼道："皇天弗顺，数也！"遂引军西还。喀喇契丹也就只能保持原状了。

对于东方的金王朝来说，喀喇契丹是一个巨大的威胁。尽管喀喇契丹由中亚草原远道来攻并非易事，但是不要忘了，金国统治区域内有很多契丹人。这些契丹人或许表面上看起来很顺从，实际上心里明白，"西方有我们契丹族建立的国家，有耶律大石建立的国家……"

契丹人心里肯定想着与西方的耶律大石遥相呼应，推翻金国的统治，然后重建契丹帝国。

金代时期，契丹人的叛乱此起彼伏。这使得金朝十分头疼。在与南宋针锋相对的时候，契丹人在后方蠢蠢欲动。在成吉思汗进攻时期，金朝未能进行有效的抵抗，相信也有契丹人的一份“功劳”。

虽然东方的契丹兄弟们伺机复国，但喀喇契丹在耶律大石死后渐失活力。耶律大石去世后，皇后开始摄政，帝国也随之衰败。其后，耶律大石之子耶律夷列即位。再后，耶律夷列之妹耶律普速完继承皇位。西辽不仅出现了后宫摄政现象，还出现了皇女继承皇位的现象。喀喇契丹在中亚草原南部的绿洲稳定下来以后，陆续表现出母系制度的特征。后来，皇女耶律普速完因与人私通而被杀，耶律夷列的儿子耶律直鲁古即位。可以想象，喀喇契丹宫廷的内部风纪有多么混乱。这样的政权是难以让人对其抱有期望的。

喀喇契丹的灭亡是一个奇妙的过程。1204年，乃蛮部的首领被成吉思汗攻杀。乃蛮部首领的儿子屈出律逃至喀喇契丹，他娶了直鲁古之女为妻。后来，他又发动了政变，擒住了自己的岳父直鲁古并篡位称帝。

说起来，喀喇契丹自东方而来时曾受到喀喇汗王朝三日大宴的款待，喀喇契丹在接受款待之余顺手拿下了喀喇汗王朝。而喀喇契丹则是优待了逃亡至此的乃蛮王子，甚至把女儿都许配给了人家。最后，喀喇契丹也是被自己的座上宾亡了国。

为什么这一幕总能重复上演呢？我们从历史中学到的可能正是“说起来容易，做起来难”。

乃蛮王子屈出律最终被成吉思汗消灭。喀喇契丹治下的当地居民更欢迎对一切宗教都很宽容的成吉思汗。

融　合

游牧民族迁徙时会采取集体行动，而放羊时则会分散放牧。通常，一个人可以放牧几百只羊。这样的放牧方式与牧草有直接关系，把羊集中在一起放牧是不行的。在茫茫的大草原上，青年男子一个人悠闲地骑着马或驴，领着一只狗，时而吹起牧笛——好一副优美的草原风情画。

从另一个方面讲，这个牧羊的年轻人很容易成为别人俘虏的目标。即便是大声求救，声音也只有羊能听得到。他的同伴都远在其他牧场放牧。

如果五个十个绑架者骑着马突然同时出现，那么孤身一人的牧人就只能束手就擒了。无论他怎么反抗，如何呼叫都无济于事。

金朝末期，在成吉思汗不断崛起之际，女真族对蒙古族采取了“减丁”政策。当塞外的蒙古人略有崛起之势时，为了削弱蒙古族的战斗力，金朝的统治者们采用了上述绑架之策。这是非常原始的策略，直接减少对方的“壮丁”（年轻人）的数量。绑走一个人，就等于减少一个战斗人员。

我们不清楚这样的“减丁”政策取得了多少实际效果，说不定取得的反作用更大。正常情况下，被绑走之人会有父母双亲、兄弟姐妹，有的还有年轻的妻子。金人的这种做法，使得蒙古人对其恨得咬牙切齿。

因为“减丁”而被掠走的蒙古壮丁最终是什么结局呢？这早已不得而知了。金朝的史官也没心情去记录那些微不足道的蒙古俘虏。所以，他们的结局只能靠想象了。

我认为被绑走的蒙古壮丁并没有被杀掉。如果想通过杀人达到使对手减员的目的，在草原上直接射杀就可以了。没有必要采取绑架这种拖泥带水的手段。

宋金两国曾以淮河一线为国界，隔河相峙。双方虽然签订了合约，但两国一直处于时战时和的状态。南宋一方文化发达，物产丰富，人口众多，但从国家性格来讲略显文弱，国内政治方面也存在派阀争斗等问题。而金国文化程度略低，每年依靠和约从南宋获取数量可观的“岁币”，勉强维持着国家财政。金朝各种产业不如南方繁盛，人口也相对较少。不过，北方人的身体比南方人更为强健。综合诸多因素，南北方总体上维持着微妙的平衡。

与南方相比，北方人口稀少，这也是金朝的一大烦恼。因此，金朝恐怕不会将辛辛苦苦抓回来的壮丁杀掉的。但如将抓回来的壮丁放置在北疆，那这些壮丁就有可能逃回蒙古。所以，他们很有可能被带到金国的南方边境地区，而且最大的可能是成为军队的奴隶，或是军中高层人物的奴隶。当然，这仅是笔者的个人推测而已。

所谓“壮丁”，肯定包括少年。比起倔强的青年人，身体尚未发育完全的少年更容易俘获。少年经过几年的时光就可以成长为青年，或许还可以从军打仗，成为战士。所以，趁着容易抓的时候将他们抓回来，不失为一笔划算的买卖。

笔者猜测，抓来的壮丁应该是被送往南方，而且是被分散安置的。如果这些壮丁聚集在一起，那将非常危险。

孤身一人被投放至异国他乡，身份也从自由的牧人转变为囚徒、奴隶，他们的命运可想而知！

首先，他们要面对的是语言不通的问题，但这应该很快就可以适应。由于没有可以互相交流的同伴，他们只能在实际生活中学会陌生的语言。壮丁都比较年轻，他们应该能够很快地掌握语言，生活习惯也可以逐渐适应。

游荡于蒙古草原的人贩子更倾向于抓那些容易抓的目

标——独自牧羊的青年男子。而居住在蒙古包里的蒙古女性是不太容易对其下手的。如果非要去抓蒙古女人，那得做好足够的心理准备才行。人贩了一般不会去冒那么大的风险。

如前所述，金国通过“减丁”政策，不断地抓获蒙古青年。也有一些蒙古人，他们听说金朝在抓蒙古青年，或者仅仅听说金国制定了“减丁”政策，就作为“减丁”政策的实际执行者冲在了最前线。

距离金国最近的蒙古族系部落为塔塔尔部，他们作为金朝的爪牙曾经活跃一时。塔塔尔部俘获其他蒙古部族的首领、重要人物后，通常会献给金朝，通过这一方式获取金国的悬赏。这应该不属于“减丁”政策了，这是通过打击蒙古领袖的方式来弱化其部族的战斗力。被抓获的蒙古首领、重要人物会被杀掉。俺巴孩汗是孛儿只斤部的首领，相当于成吉思汗的堂曾祖父。塔塔尔人抓获俺巴孩汗后将其送往金朝，其后俺巴孩汗遇害身亡。

在非洲的奴隶贸易中，很多抓捕黑人和贩卖黑人的都是黑人。当然，“商品”也是黑人。在蒙古草原上，无论是抓头目还是抓年轻人，大多是通过蒙古人自己的手完成的。

下面，我们继续推测一下那些被胁迫前往南方的蒙古奴隶的下场吧。他们虽然可以娶妻生子，但他们得到的女人应该不是蒙古族的，也不太可能是统治民族女真族的女人，最有可能的是跟他们命运、境遇相同或相近的女人，如被统治民族契丹族、汉族的女子，尤其是其中身份低下的奴婢。

在这样的婚姻中，夫妻间的日常对话也需要使用新语言。夫妻二人所生的孩子通常会说母亲的语言。当然，他们的孩子也可能把周围人说的语言作为母语。也就是说，蒙古奴隶的孩子说汉语的可能性更大一些。

长胡子耶律楚材就是一个典型的例子。这个才高八斗、学富五车的契丹族大知识分子并不会契丹语和契丹文。金亡元兴后，他被归入到“汉人”的行列。

十年、二十年过去后，曾经的年轻人不再年轻。在漫长的岁月中，他们不再说蒙古语，即便是想说，也没有倾诉的对象。也许他们自己也会渐渐地把母语淡忘了。

他们的孩子只能说汉语，也会逐渐长大成人。他们的孩子应该还是社会的底层，或许会从军，或者作为劳力去外地参加劳动。但被抓的蒙古人年老后，一定会时常思念蒙古草原和羊群。可以想象，他们那时一定会潸然泪下吧。

孩子们当然会把出生的地方作为故乡，新故乡和蒙古草原毫无瓜葛。也许乡音尚存的老父亲会跟孩子们讲一讲蒙古草原的往事，一些有心的孩子或许能够感受到父亲的思乡之情，但如果到了孙子这一代，恐怕就没有什么感觉了。

孙子这代人已经认为自己是汉人了，至于祖父被绑架，那已经是半个世纪以前的事情了。

婴儿出生时屁股上有青色的斑，这是黄种人的一个特征。尽管不久后斑会消失，但这种青斑还是让人印象深刻。据说，人类共分三大种类。用学术语言讲，分别是欧罗巴人种、尼格罗人种、蒙古人种。黄种人又称蒙古人种，是以蒙古类型的人为代表的人种。黄种人的幼儿臀部会出现青色的胎记，这种青斑又被称为“蒙古斑”。

伊朗人属于雅利安人种，按照上述的分类应该归为欧罗巴人种。原则上说，欧罗巴人种的婴儿屁股上不会出现青斑。笔者曾去伊朗旅行。据日本大使馆的K先生说，伊朗时常会出现屁股上有蒙古斑的婴儿。西方的蒙古帝国伊尔汗国在伊朗消失已久，作为汗国统治民族的蒙古人又到哪里去了呢？蒙古皇帝早已让他们围上穆斯林头巾，改信伊斯兰教了。笔者想强调的是，“这真是一种先见之明”。他们早已融入这片土地。而在这片土地上，也时常会诞生有蒙古斑的婴儿。

有蒙古斑的孩子也绝不是蒙古人了，他们是纯粹的伊朗人，接受伊朗文化的伊朗人。据《三国志》记载，吴国的孙权被人称为“碧眼儿”。孙权还长有“紫髯”。孙权乃吴郡富春人，是出身名门的汉族人。孙权用兵如神，还自称是孙武的后裔。孙武是《孙子兵法》的作者。

无论从身体特征上如何进行分类，人终归还是人。人是会“溶解”的，附着在人身上的种种文化亦会“溶解”。通过伊尔汗国的例子来看，宗教对民族融合起到了推波助澜的作用。

到了金王朝末期，统治者对契丹族越发地警惕，甚至给每户契丹族人家安排两户女真族人家来盯防。这样做的效果并不好，契丹族反而更加“蠢蠢欲动”了。从提防契丹人的动机来看，这样做也绝不会得到什么好结果。提防与融合相比，效果相去甚远。

蒙古族统治中国时期，蒙古人也是少数派。蒙古人非常担心多数派汉族人团结起来。他们把居住在北方、长期为金所统治的汉族人称为“汉人”。而将居住在南方、为南宋所统治的汉族人称为“南人”或者“蛮子”。就是说，他们将二者人为地割裂开来，区分对待。马可·波罗的著作中也出现了“蛮子”这个词，相当于刚才提过的“南人”或者“蛮子”。

日本的关东、关西，或者东北、九州等地之人都各具地方特色。但是，如果过分强调这些地方差异则不免有夸大之嫌。笔者认为，比起地方性格差异，年龄上的差异会更为显著，影响也更为深刻。

元朝时期，强制性地实施人种分类，并上升至法律层面。这些人为制造的歧视使得元朝最终消亡。本来是应该相互融合的，却被搞成了刻意分离，这注定是要失败的。

南北处于不同政权统治的时期，双方的特性的确容易固化。而这样的分裂时期往往孕育着强烈的融合因素。在不可能统一的时代，统一会成为一种强烈的诉求，并因此而迸发出强大的力量。

元朝建立之前，中国处于金与南宋对立的时代。那时候，两个政权使节互相往来，相互间的贸易也持续不断。这些相互交往让人在分裂中感受到一丝暖意。金朝方面，如果发现南宋派来的使者是优秀人物，就会竭力将其留住，不再让其南归。这或许也是统一意愿的表现之一吧。

在涉及马可·波罗、伊尔汗国等内容时，就不得不提及蒙古征服世界的那个时代。在这里，我想必须说一说“元寇”。

元曾两次远征日本。日本称第一次“元寇来袭”为“文永之役”（文永十一年，1274年），称第二次“元寇来袭”为“弘安之役”（弘安四年，1281年）。实际上，在两次

“元寇”入侵期间，大陆上发生了重大的变化。

第一次“元寇来袭”时，元尚未灭掉南宋，只是控制了中国的北半部。当时的朝鲜半岛也处于元的控制之下，高丽国有个坚持抗元的组织，名为“三别抄”。他们占据江华岛、珍岛、耽罗（济州岛）等海岛抗击元朝。耽罗的“三别抄”抗元活动一直持续到1273年，也就是“文永之役”的前一年。

济州岛发生抵抗运动期间，元朝是不能派遣远征军征日的。原因很简单，相信大家翻开地图就会明白。如果没有珍岛、济州岛上的“三别抄”的抗元斗争，恐怕元朝的第一次征日还会提前。

正如“三别抄”这个词语所显示的那样，“别抄”就是高丽的非正规军之意。因为有三支队伍，所以称为“三别抄”。当时高丽国王元宗已经降元，元宗世子也娶了蒙古公主为妻。所以，“三别抄”又被称为“三别抄之乱”。“三别抄”不仅是抗元斗争，也是反高丽国王的运动。因其反高丽国王，所以高丽方面并不承认这是一场爱国运动。“三别抄”为非正规军，或许他们把民族大义置于“忠君”之前了。但实际上，他们并无“忠君”之意。对于日本来说，他们起到了抗元防波堤的作用。

“三别抄”被镇压后，济州岛成为元朝征日的基地。元朝命高丽建造战船九百艘，征调士兵和水手一万五千名，高丽因此国力疲敝。在第一次远征日本之前，高丽王元宗去世，娶蒙古公主为妻的忠烈王即位。

元朝的第一次征日因台风而以失败告终。高丽匆忙建造的九百艘战船并不结实。这里面有时间急迫的原因，也有高丽人造船热情不高的缘故。笔者认为，粗制滥造的战船是元军征日失败的原因之一。高丽并没有进攻日本的热情，当然也就没有造船的劲头了。无论是建造船只，还是募集兵员，都是迫不得已而为之。

元军第二次远征日本时，南宋已经灭亡。“文永之役”时，元征服了中国的半壁江山。而到了“弘安之役”时，元已经将整个中国收入囊中。虽然远道而来的都是“元寇”，但此时的“元寇”已非彼时的“元寇”了。

“文永之役”中，主要负担都是由高丽承受的，草原出身的蒙古人并无水军。元军因“神风”或其他原因蒙受损失，说到底这也是高丽的损失，元好像并未受到太大的影响。

到了“弘安之役”时，南宋水军已入元手。元宋战争时，有不少宋军全军投降的情况。元军不费吹灰之力就收编了对方的武装力量。“弘安之役”时，毫发无损的南宋水军成为了元军的远征力量。

全歼对方和对方全军投降都可以称得上是大胜。但是，这两种大胜的内容是不同的。对方全军投降意味着对方还保存着战斗能力。为了削弱对方的实力，获胜一方一般都会采取解散对方军队、分散对方兵力等手段。元朝选择将投降的宋军派到日本远征的方式。说句玩笑话，或许远征军全军覆没也无关元朝的痛痒。元朝廷中或许也有人想一举解决这个“烫手的山芋”吧。

关于“元寇来袭”，我有几点想法，特别是第二次“元寇来袭”——“弘安之役”值得一说。

元军第一次征日时，高丽并不情愿参与。但高丽王忠烈王却是个主战派。

如前所述，忠烈王娶了蒙古公主为妻。高丽并无剃掉头顶之发的风俗，但忠烈王自己给自己剃了个蒙古风的发型。这种事情放到现在也不会有太好的结果。可以想象，高丽王这么做一定会招致当地人的强烈反感。在普通高丽人看来，他们的国王就是个叛徒，甚至还有人批评他是一个伤风败俗的变节汉。

那么，忠烈王的本意是怎样的呢？他积极参战，并亲至元廷觐见。他向元廷要求高丽士兵应享有与元士兵同等的待遇，并得到了批准。细想一下，忠烈王主战不主战好像对元军征日没有什么影响。与其不情不愿地去参战，还不如主动将征日作为自己的事情来办更明智。同样是要参加战斗，主动参与肯定要胜过被动参与，或许受损还能更小一些。也就是说，这是一场不得不参与的战争。因为高丽人当时正处于元朝的统治之下。有观点认为，忠烈王想利用这次战争的机会，从中与元朝周旋，尽可能地提高高丽人的地位。

元军的第二次远征也因台风铩羽而归。由高丽出发的东路军共四万人，由庆元（浙江省宁波市）出发的南路军共十万人。南路军中，除了上层的指挥官外，都是前些年投降的南宋军队。据说东路军共九百艘战船，南路军共三千五百艘战船。那么，“神风”的威力又如何呢？

《元史》虽为正史，但其中的有些记述并不可靠，前后矛盾之处颇多。据著名的《元史·日本传》记载，战争后的生还者仅为三人。而同书的《元史·世祖本纪》记载的数字则与其有很大的出入。根据《元史·世祖本纪》记载，“存者十之一二”。就是说，生还者占出征人数的一成到两成左右。这就意味着南路军大概有一万到两万人生还。根据《高丽史》记载，高丽军的生还者为一万九千三百九十七人。

问题集中在俘虏身上。据说被日军俘获的人数为两三万人。这些俘虏中，只有原来的南宋将士保住了性命。蒙古人、高丽人、女真人及以前金国统治区域的汉人统统被杀。

蒙古人主要担任军队中的将官，相信人数不会太多。俘虏的半数以上应为南路军——原南宋的将士。这些人至少在一万五千人左右。他们被带至博多，并得以保留性命。就算按最保守的情况估计，活命的俘虏也有一万人左右。那么，这些人都去哪里了？

在二次外患袭来过程中，镰仓幕府的武士们立下了战功。而幕府方面却苦于没有更多的土地赏赐他们。按道理讲，幕府必须论功行赏。于是，他们将这些俘虏作为奴隶赏给了御家人等，毕竟俘虏（人）也是一种生产力。

那么，推定为一万到一万五千人的俘虏，最终命运又如何呢？笔者认为，这些俘虏的最终命运与被金朝掠走的蒙古人的命运大同小异。关于他们的命运，大家可以参考一下那些被绑架至金国的蒙古人。

在这些被日本俘虏的奴隶中，肯定会有将校军官，也会有不少读书人。刚开始的时候，必然会面临言语不通的问题，但他们可以通过笔谈的方式与日本人沟通。比起“减丁”政策的牺牲者，他们的优势在于出生于中国江南的风土之中，他们的出生环境与日本的某些方面有相似之处。

一般认为，“弘安之役”的俘虏被分配（以很少人为一个单位）给参战的武士了。他们的主家确定下来后，他们互相之间就很难再进行联系了。他们的最终结局只能是融于日本。他们虽为奴隶，但都是知书达理的江南人。日子久了，他们也会跟日本的农村姑娘相互萌生爱意吧。当然，史家一般不会关注这些小事的。

英雄的足迹

写鸦片战争时，最后一幕场景当然是林则徐被问责，左迁新疆。当时，无论谁作为处理鸦片问题的责任人，都难以避免同英国发生冲突。禁烟就必然会同英国发生冲突，但林则徐采取了极其强硬的措施——没收英国商人储存的两万箱鸦片，好像只有他敢于这么干。

任何时代，强硬派都是勇猛的，主战之人都是时代的红人。但是，这些人往往缺乏内涵，而林则徐是个例外。他请了一位懂英文的人袁德辉做自己的幕僚，并让袁翻译每一期《地理大全》（驻华外国人机关报），翻译过来的书起名为《四洲志》。可以看出，林则徐有了解世界的意愿。当时中国的高级官员无不抱有唯我独尊的中华思想，且这种思想深入骨髓，所以他们很难采取与林则徐一样的态度。

广州医疗传教会的美国医师彼得·帕克懂中文，林则徐拜托他翻译瑞士法律学家埃梅里克·德·瓦泰尔的《国际法》。虽然并未全部翻译，但主要部分均翻译成中文，题为《各国禁律》。

在九龙的尖沙咀，英国船员与中国村民发生冲突并致中国村民死亡。英方负责人艾利奥特以英国女王有令在先为由，拒绝引渡英国肇事者。林则徐则反驳他说，英国至外国的国民应遵从当地法律。艾利奥特对此置若罔闻，意图不了了之。但是，林则徐是懂国际法的。

英国决定，不管发生什么事情，鸦片都必须卖。从实力对比来看，无论谁来禁止鸦片都不会达到目的。林则徐也并没有犯罪，他只是制造了麻烦，所以被左迁了。即将赴任之地为新疆，当时人认为，去新疆的话，与其说左迁还不如说是流放。

林则徐的继任者在与英国交涉时认为，英国可能会因林则徐没收鸦片而憎恨他，所以阿谀奉承“（林则徐左迁）可喜可贺”。而英方代表却以教训的口吻说：“林则徐是一位优秀的总督。”可见，优秀的人物往往可以获得敌人的尊重。以上为当时的历史记录里留下的一段插曲。

林则徐流放新疆达三年之久。虽然已经写完小说，但我还是踏上了新疆之旅，我要去追寻林则徐的足迹。林则徐前往新疆乘的是马、马车，偶尔也乘轿子。我前往新疆乘的是飞机、汽车、吉普车。与古代相比，现在的道路情况不知要好多少倍。甘新公路铺设的都是沥青路面。追寻林则徐的足迹，说起来我都觉得自己太愚蠢可笑了。

旅行中，我随身携带了一本《林则徐日记》。勤于笔耕的林则徐有精心记日记的习惯，他的部分日记保存至今。日记中记有他入疆时所行的里数、住宿的地名等。他一日的行程，如果用吉普车走的话，大体上是一个小时的车程。丝绸之路的沙漠商队会尽量选择靠近水源的地方歇脚投宿。尽管这样，两处歇脚地也通常间隔30到35千米。

当时，一日的行程也就是如此。如果徒步的话，应该间隔会更短一些。在古代战争中，人们将一日行程定为“舍”。一舍不过12千米左右。所谓的“退避三舍”，就是指后退36千米的意思。

左迁也好，流放也罢，当时没人觉得林则徐是个罪人。林则徐被世人尊为鸦片战争的英雄，所到之处官民无不夹道欢迎，而且这种欢迎是发自肺腑的“热烈欢迎”。

林则徐有位姻亲在洛阳担任地方官。林则徐游龙门时，访问了与白居易有关的香山寺。据说，林则徐还在香山寺吟诗作赋。林则徐到达华阴县时，正值浴佛节，县令亲自带他游览华山。

在西安，林则徐身染重病，但他逃过了鬼门关，痊愈后继续踏上了西行之路。林则徐此次西行的目的地是新疆的西部边境伊犁。到西安之前，其夫人等家属均相伴而行。其后林则徐将女眷留在西安，率领三个儿子一起前往伊犁。林则徐的长子林汝舟官至翰林院编修。因为长子有官职在身，故未能获得出关许可。林汝舟随父西行五日，送父至乾州后不得不折返西安。次子林聪彝和三子林拱枢随父亲一起到达了新疆。

林则徐的长子林汝舟是一位杰出的人才，于道光十八年（1838）参加会试，进士及第。众所周知，当时的科举考试是难度很大的。首先，要经过府县级的预备考试。通过后可以参加省级的乡试。乡试及第是件很了不起的事情，此人会获得“举人”的称号。哪家若是出了“举人”，那可是件光宗耀祖的事。这家人甚至可以获准安放很高的门槛。成为举人之后，方有参加三年一次的北京会试的资格。一个人成为了举人，并不意味着他的前途一片光明。这是因为还有“覆试”。举人必须参加覆试且合格后，才能参加会试。覆试是为了控制参加会试的人数而设置的。一路过来真可谓是关卡重重。最终，他们还需要在会试中脱颖而出，这叫作进士及第。这样的人全国不过二三百人。进士及第后，能够进入翰林院的人都是名次靠前的合格者，名次不靠前的要从地方的知事开始做起。

及第者第一名称为“状元”，第二名为“榜眼”，第三名为“探花”。这三甲如同鼎之三足，被喻为“三鼎甲”。从第四名开始称为“二甲第一名”，以此类推。道光十八年，仅产生了194名进士，林汝舟是二甲第六名，这就意味着他是全国所有进士及第者中的第九名，这么高的名次当然可以进入翰林院了。林汝舟进士及第时，年方24岁，这在进士中算是年轻的了。在这个年龄就进士及第的，其后还有曾国藩。曾国藩曾率领湘军与太平天国作战，但他的进士及第成绩要比林汝舟低很多。尽管如此，曾国藩还是进入了翰林院。

林汝舟的学问做得不错，他好像是一位对仕途无欲无求的人。比起在官场上混迹，他把时间更多地花在陪伴年迈的父母上，所以林汝舟经常请假。一个官员如果请假过多，势必会影响仕途发展。我想，这一点林汝舟应该是很清楚的。在林则徐流放新疆时，林汝舟想放弃翰林院之职，远赴新疆陪伴父亲。林则徐最终决定让长子返回西安，去照顾他的母亲。那个时候，林则徐夫人好像身体欠佳。

太平天国时期，曾国藩曾劝说同期的进士林汝舟去上海道（上海及周边区域的地方官）赴任，但被林汝舟谢绝了。其后不久，林汝舟病故。由此看来，林汝舟当时也许已是带病之身了。

次子林聪彝与三子林拱枢一起远赴新疆，陪伴左迁的父亲。其后，林聪彝由府知事一直升任至浙江按察使。按察使主要担负省内的检察、警察等工作。按察使与担任行政职能的布政使一起辅佐巡抚（省长），都是一省的重要职位。那时，浙江正在实施大规模的治水工程。林聪彝过于热心地投入到这项工作之中，每每亲临现场监督，结果弄垮了自己的身体，以致英年早逝。三子林拱枢随父亲赴新疆时年方16岁，此人后历任御史（检察官）、陕西省汾州府知事等职。

林则徐在新疆三年，他的工作是监督边境开垦，这是惩罚性的人事安排。在新疆这片边境之地，林则徐思考了些什么呢？

林则徐的日记中，新疆时期的日记残缺不全。只余上任年1842年11月和12月部分，以及1845年元旦至2月3日的内容，但有家书和诗词等可以补缺。此外，林则徐还有一本著作名为《俄罗斯国纪要》。所谓俄罗斯就是指“露西亚”，根据该书可知，林则徐坚信对中国来说俄国问题是最为重要的。其中收录于《国朝先正事略》中的一件逸闻，因屡被引用而广为人知。某位晚辈因担忧西方侵略，特地请求林则徐指点迷津。林则徐在与这位晚辈的谈话中指出：西洋（指英国）并没什么大不了的。最终祸患中国的莫过于俄国。我已经年老，但你们应该能亲眼见到这一天。

鸦片战争中，林则徐的对手是英国人，而他却认为英国人不足为惧，这着实令人颇感意外。但是，如果站在与俄国国土相接的伊犁边境线，如果到了更为漫长的内蒙古、兴安岭、黑龙江边境线上，相信林则徐的叹息就不难理解了。

从清末至今，关于国防的根本问题一直有两种论调，即敌人从海上来，还是从陆上来。主张防守海疆的被称为“海防派”，主张防守陆疆的被称为“塞防派”。林则徐被人们视为“塞防派”的鼻祖。据说，他的想法传到了左宗棠的耳朵里。林则徐和左宗棠曾在长沙见过面。而李鸿章则是“海防派”的中坚力量，他组建了北洋水师，拥有定远、镇远两艘巨舰。可以说，北洋水师是“海防派”手中的王牌。

英俄两国对于东亚来说都是超级大国。李鸿章等“海防派”较为亲俄，而“塞防派”则较为亲英。当然，这个问题也不能如此简单地一概而论。甚至还有人认为，正因为国境线上充满忧患，所以必须与俄国保持友好关系。“海防派”

中当然也有类似的看法。是重“海防”还是重“塞防”，不仅是“过去时”，而且时至今日仍有探讨的意义。自李鸿章以后，清政府没有再在海军方面倾注太多的力量。有人认为，这是“塞防派”思想占据主流的结果。

新疆是一个多民族聚居的地区。笔者很想知道林则徐是怎样认识民族问题的。遗憾的是，与此相关的资料并不多见。清朝在新疆的民族政策可以用一个词来形容——隔离政策。

维吾尔族、哈萨克族、吉尔吉斯族、塔吉克族等都信奉伊斯兰教，而汉族、满族、蒙古族等民族中太多信奉佛教。从数量来看，佛教徒中汉族占有压倒性的优势。“如果隔离开来，那么因风俗不同而产生的摩擦就会减少”。这是一种相对消极的政策。诚然，相互摩擦的机会的确是减少了，但与此同时，双方通过接触而相互理解的机会也减少了。

林则徐在新疆究竟在多大程度上参与了民族问题呢？这个问题至今尚不清楚。三年后，林则徐被调往他处，他的任地多是民族矛盾多发的地区。这或许是对他左迁中经验的一种肯定，亦或是对他某种能力的一种期许。

林则徐其后被任命为陕甘总督，这是一个要职。他上任后的第一项工作就是解决少数民族问题。少数的突厥系居民在当地进行了抢掠等暴力行为，林则徐采取的策略是铸造大炮进行镇压。在鸦片战争中，清朝被西洋大炮打得落花流水。这回他们同样用西洋大炮将“野番”（不顺从的蕃人）轰得落花流水。有人批评林则徐的做法，认为他很可笑。实际上，林则徐也明白大炮主要是用来威慑的。在善后处理上，林则徐表现得相当宽大。除了首谋者以外，其他人基本上都释放了。对于不知大炮为何物的人，必须让他们领教一下大炮的滋味。同时，单靠武力镇压是不能长久的，对于这一点，林则徐自是心知肚明。

无巧不成书，林则徐之后隔两任接任陕甘总督的是琦善，相信大家对这位满族高官并不陌生。林则徐因鸦片战争遭到解职后，正是他前往广东与英方交涉的。林则徐采取没收鸦片等强硬政策，而琦善则与林则徐背道而驰。

琦善在对英谈判中一再让步，不仅裁撤了广州附近的防御工事，还削减兵员，尽量去迎合英方。而琦善对待“野番”却丝毫没有仁慈之心，进行了残酷的镇压。在林则徐时期能够获得释放的人（非“首恶之徒”），琦善统统处以极刑。

对英国强硬的林则徐在处理国内民族纷争时，采取了宽大处理的措施，而对英国一让到底的琦善却对国内的少数民族痛下杀手。由于担任陕甘总督时杀戮过多，琦善最终被清政府流放到吉林。

林则徐处理完陕甘的民族纷争后，又被任命为云贵总督，时为道光二十七年（1847）。云贵总督主要管辖云南和贵州，那里也是少数民族众多的地区。或许林则徐就是为了达成民族和解而走马上任的。该地区穆斯林众多，且与汉族杂居在一起。新疆的城市大多零散分布于沙漠中的各个绿洲上，在这种地理环境中，采取民族隔离政策从某种程度上来说是有效的，但云南的情况则大不相同，在云贵高原实行民族隔离政策颇为困难。

林则徐上任之前，发生了“马大事件”。一位名叫“马大”的穆斯林在保山县板桥唱民歌，因歌中含有讥笑汉族的歌词，引起了汉族人的不满，愤怒的汉族人破坏了清真寺。这个事件最终以赔偿的方式得到解决，但在民族之间留下了芥蒂。其后，因该事件引起的民族矛盾持续发酵，人们都期待有能力的政治家能够一举解决“马大事件”所残留的“后遗症”。清政府派遣林则徐处理这一问题，可以说是非常有眼光的。

林则徐到达任地昆明后的两个月期间，姚州等地又发生了各种纠纷。汉族人的房屋被焚毁的达到3131间，死伤者也攀升至850人。回族则有260间房屋被焚毁，65人死伤。

可以说，这是一起由民歌引发的惨案。为了解决这个问题，林则徐公布了如下的基本方针：今后不问汉回，只分良民和非良民。林则徐不仅是如此宣布的，也是如此实施的。云南的民族冲突迅速降温，并最终得到了比较理想的解决。

在云南上任期间，林则徐失去了他最爱的妻子郑淑卿，他本人也有意告老还乡。林则徐护卫着爱妻的灵柩，由云南返回福建。途中，他的三个儿子寸步不离地陪护在老父身边。

林则徐在左迁三年后再度被起用之时，曾制作了一枚印章。上书“宠辱皆忘”四字，意为要忘却左迁所带来的屈辱。而“宠”字可以理解为“君宠”，或者可以理解为“天宠”。他应该是通过这枚印章表达一种人生观——关于命运，要放下一切，抛弃一切不满；也可能是想表达自己曾为荣辱所动，所以用“宠辱皆忘”来训诫自己。林则徐好像很喜欢“宠辱皆忘”这个词语，除了刻成印章外，还将其写入诗作之中。告别云南之际，他为前来送别的友人赠送了一首七律，诗中有一句为“宠辱皆忘卧亦安”，意为因为将宠辱都忘记了，所以连睡觉都安稳。

林则徐九月离开云南，十月到达湖南长沙。不久，参与镇压太平天国运动的左宗棠来到船上与之会面。在拜访林则徐时，左宗棠应该还是无官无职的平头百姓。不过根据其著作来看，当时的左宗棠已颇具名气。林则徐在云南任职期间，府知事胡林翼曾推荐左宗棠就任幕僚，而左宗棠当时身陷官司之中，不能离开湖南，所以未能前往云南。

因之前有此经历，所以双方虽是初次见面，但也如同遇到故知一样亲切吧。左宗棠多年后的文章中说林则徐是特意绕道来拜访自己的，而林家的说法则不然，林家认为是左宗棠来到船上拜访林则徐的。林家的说法还记录了更为详尽的细节，即左宗棠因踏空船板而跌入水中，被人扶起后换了衣服才与林则徐相谈的。从当时二人的身份分析，或许林家的说法更为可靠。在与林则徐会面后不久，左宗棠在给友人的信中也称："江中，噈谈达曙。"可见，双方会见的地点确实是在江中的舟上。

左宗棠是一位非常自负之人，后来还与推举自己的曾国藩不睦，所以，他在其后的说法中转变了口风也不难理解。当然，也有可能是林则徐先进行了礼节性的拜访，作为回礼左宗棠亲自登船拜访林则徐。如果事实如此，则更能体现出林则徐是一位极其谦虚之人。

据记载，双方的会谈通宵达旦。这对于年届65岁的林则徐来说，应该是非常劳累的一夜，而左宗棠却并未在意别人的感受。话又说回来，林则徐对这位精力旺盛的人物也是毫无保留，将自己毕生的抱负和盘托出。席间，林则徐的三个儿子也在场聆听，如果父亲感觉疲惫的话，他们应该会想出办法，尽快结束这次会谈。

这次会谈整一年后，林则徐辞世。老年丧偶，且自己也是风烛残年之人，林则徐应是想趁自己气力尚存之时，有意把自己的遗志托付给才华卓越的晚辈吧。因此，林左会谈或许也是林则徐对自己人生的一个交待。正好三个儿子也在场，林则徐一定觉得这次会谈是一次良机。

无论笔者如何偏爱林则徐，也不能说他就任云贵总督两年半的时间内就彻底解决了当地的民族问题。

云南自古以来就是一个多民族聚居之地。昆明湖附近被称为“滇”。1956年当地出土了铸有“滇王之印”四字的金印，这枚金印经常被用来与日本志贺岛出土的金印相比较。目前，多认为这枚金印是汉武帝时期铸造的。由此可见，云南很早以前就同中原进行交往了。

民族问题的核心是生活方式的不同。如果比邻而居，那么风俗习惯应该是渐趋接近的。如果宗教因素介入，那么差异将会固化。即便是比邻而居几代人，也还是会有不同之处。元代时期，色目人赛典赤曾世袭统治过云南。因伊斯兰军队驻留当地，云南的民族问题逐渐复杂化了。到了明代，该地的色目人势力衰落。宗教力量与政治势力的发展未必会走向相同的方向。

林则徐希望晚年生活在故乡福建，然而他并未得到梦寐以求的安稳生活。得到广西发生动乱的消息后，清政府决定起用66岁的林则徐为钦差大臣。当时广西各地发生了多起暴动，这其中就包括拜上帝教教徒们的暴动，几年后他们创立了太平天国。

林则徐接到命令后急忙从福建赶往广西，进入广东境内后却忽然病重，最后客死潮州。有传言说，林则徐曾接到太平天国天王洪秀全的书信，因书信言辞激烈而受刺激身亡，该传言见于外国人林德莱的著作中。笔者认为，这仅仅是一个添油加醋的传说而已，并不可信。林则徐客死潮州时，洪秀全还没有在金田村起兵。

林则徐的次女林普晴与沈葆桢成婚，而沈葆桢的母亲是林则徐的亲妹妹。也就是说，这桩婚姻其实是表兄妹之间的婚姻。过去，中国有同姓不婚的规矩。即便是现在，同姓结婚的情况也极少。这种婚俗可能包含着中国先人们优生优育的智慧——避免近亲结婚。但无论怎么说，这种婚俗都是以父系血缘为核心的。只要姓氏不同，像沈葆桢和林普晴这样血缘关系非常近的人也可以通婚。沈葆桢进士及第后升任两江总督。1874年以琉球岛民被杀为由，日本派西乡从道为都督出兵台湾。沈葆桢以清政府代表的身份与日本进行交涉，参与了该事件的处理。

林则徐的子孙中，好像有很多人从事外交工作。中国驻联合国大使凌青相当于林则徐的七世孙。林轼桓担任过中国驻温哥华总领事等职，他是林则徐三子林拱枢的曾孙。林轼桓的女儿林子东曾求学于燕京大学。抗日战争开始后，林子东弃学参加了新四军，其后历任新华社记者、《福建论坛》总编辑等职，目前为福建科学院副院长。

睡眠杂语

林则徐的字有很多尚存于世，其中包括手抄经文。他抄写的经文与日记上的字体大不相同，是一笔一画精心写就的，没有半点马虎。从他的字迹上，完全可以体会出他的虔诚之心。我是在写完小说之后才看到林则徐抄写的经文的。如果是写作之前看到的话，或许小说中的林则徐的形象会有些许不同。目前比较明确的是，林则徐周围的人物受到了佛教的影响，如林则徐的诗友龚自珍、魏源等，他们的文章中就有佛教相关的内容。林则徐的文章中还未发现与佛教相关的内容。因此，我在小说中将其描绘成有能力的实干家，清廉的官僚，并未涉及佛教信仰相关的内容。

前文中提到林则徐有一枚印章，刻有“宠辱皆忘”四字。这枚印章其实反映的是一种心境，或许还与佛教有着某种联系。在他的诗中，接在“宠辱皆忘”之后的是“卧亦安”三字。“卧亦安”字面意思是在歌颂安眠，实际上很容易让人联想到与佛教相关的“悟”。

曾国藩（1811—1872）是太平天国时期的时代主角，也是林则徐之子林汝舟的同期进士。也就是说，曾国藩生活的时代要比林则徐晚一些，大概晚一代人左右。曾国藩也为我们留下了比较详尽的日记。我个人认为，想要切实把握某个时代的事情，阅读个人日记比阅读官方文献更有效果。

稍微谈一些题外话。最近，上海人民出版社出版了一本书，名为《清代日记汇抄》，书中汇集了清末与上海有关的25位人物的日记，其中就包括了林则徐的日记。书中林则徐的日记并不完整，主要是他担任江苏巡抚期间巡察上海时所写的部分。清代的赴外使节经常从上海乘船出行，这些人短期滞留上海时期的日记在该书中亦能找到。读完这些日记，当时上海的轮廓便会自然浮现于脑海之中。笔者认为，把握当时上海的状况，这本书要比阅读地方志之类的书有用得多。

话题再回到曾国藩日记上，他写了各种各样的日记，许多是反省内容的。他在日记中甚至会写到，是不是自己去闺房的次数有些多了，等等；还有些日记是倾述如何睡不着觉的。我认为他睡不着觉是有原因的，可能正是他有“反省癖”。曾国藩好像想通过不断的反省来提高自己的人格，但他有些反省过度了。过度的反省会导致失眠，这是再自然不过的结果了。在思前想后的过程中，人会越来越精神。正常情况下，有失眠症状的人一般过了50岁后不久失眠就会自动消失，人也会睡得很好。但曾国藩就不一样了，他又开始担心起这件事来。曾国藩甚至觉得自己睡得好才不正常，睡得好是自己精神衰弱造成的。我认为，曾国藩真是一个不幸的人。

据说，拿破仑每天只睡三到四个小时，但这也只是个传说而已。也有记载说他每天睡八个小时左右。我们谈及这个话题，可能会对患有失眠症的人产生刺激，因为他们经常这样自我安慰：“连拿破仑也睡不着觉……”但事实终归是事实，我们必须拿出勇气来面对才行。

根据统计，人的一生大约有三分之一的时间用来睡眠。睡眠对于人类消除疲劳、恢复精力来说是不可或缺的。失眠之人首先是无法消除本该消除的疲劳，恢复精力也就无从谈起了。人类生活于社会之中，肉体性的疲劳、精神性的疲劳等都在所难免。

根据留下的著作分析，林则徐以安眠为荣。而曾国藩不要说是失眠了，连自己睡个安稳觉都不能够容忍。这当然有性格差异的原因，或许也与他们有无信仰之心有些关系。生于激荡时代之人，其态度可谓千奇百怪。即便做同一件事情，不同的人亦会有得有失。

很多人认为，妨碍安睡的因素是做梦。但即便是做了梦，醒来后也会马上忘记。还有些人正因为做了美梦而睡得很香。所以，睡得着睡不着不能归罪于做梦。

唐代诗人白居易有诗云：

既得安稳眠，亦无颠倒梦。

清代出版的《佩文韵府》是诗歌创作的重要工具书，书中引用了白居易的这首诗，所以“安稳眠”“颠倒梦”经常出现在近代人的诗句中。白诗中的“颠倒梦”是佛教用语。白居易晚年曾在龙门香山寺做过居士，他一定对佛经了如指掌。《般若心经》被视为超越门派之别的佛教经典之一，其中有这样一句话：“远离一切颠倒梦想。”这句话可能连初涉佛门之人都知道。此语乃玄奘三藏之译语，原话为“惟帕里亚阿萨”（音），是“颠倒”“持有反对之心”之意，即是“迷”[1]。“颠倒梦想”这四字中，“梦”被认为是使人迷惑的负能量，汉译佛典之中多出现这个“梦”字。在人们必须远离的、令人不快的东西中，玄奘不知是何原因将这个“梦”字嵌入到译文之中了。

玄奘从天竺带回大量的佛经。据说，这些佛经是由玄奘翻译成中文的。很明显，这些佛经应该不是由他一个人翻译完成的。从佛经的数量来看，想独自完成这些经书的翻译几乎不可能。今天，大慈恩寺的大雁塔依旧矗立在西安市的郊外，那里是玄奘译经的大本营，为数众多的僧人曾在此将佛经原本翻译成汉文。我认为，当年那些参与者绝大多数应是玄奘的弟子。也就是说，他们应该是能够理解玄奘思想的人，尽管水平上可能与师父有差距。或者说，最少也得是想理解、努力去理解玄奘思想的人才能够参与译经。

这些佛经中，当然也有玄奘本人翻译的。《般若心经》篇幅较短，又是非常重要的经典，我个人认为应为玄奘本人所译。玄奘曾跨越雪山与流沙，经历种种艰辛。当他一心祈求佛祖保佑时，口中吟诵的应该是《般若心经》吧。由玄奘弟子记录的、玄奘口述的《三藏法师传》中就有类似的内容。

---

1 佛教语，未能彻底悟道，也指对死者有妄念而无法成佛。

因当时玄奘尚未翻译《般若心经》，经历苦难时玄奘吟诵的应是鸠摩罗什的译本或者是原版。玄奘有志于留学天竺，之前应该对梵文颇有研究。汉译也好原文也罢，《般若心经》在玄奘心中应该是占有中心地位的一部经典。他也应该总是在想："该如何用通俗易懂的语言将经文讲给一般的善男信女呢？"笔者大胆推想，这就是《般若心经》乃玄奘所译的根据。

玄奘译经时，有些经书应该是交给下面人去实际翻译的，但最终成果他会亲自过目。退一步讲，《般若心经》即使是其弟子所译，其中也应有玄奘的润色修改。如果译文没有经过玄奘添加削减的话，那就是说他的弟子太过优秀了，以至于能将玄奘心里所想不差毫厘地翻译出来。那么，将这种高徒译出的东西视为玄奘亲译的也没有太大问题。

将"颠倒的思考、不正确的考虑、迷惑"等附上一个"梦"字，这应该不是一个无心的失误。玄奘肯定是这样认为的——加上这个字更易于理解。也就是说，加上"梦"字是深思熟虑后的结果。

在严格的信仰生活中，只要玄奘清醒时，他一定每时每刻都在思索该如何获得解脱。然而，他的梦中也许会掺杂妄念、杂念，这是他无论如何也抵御不了的。因此，"不正确的思考、迷惑”，理所当然地被他与梦联系到了一起。

睡眠是消除疲劳的手段，但也有通宵达旦而不感到累的情况。但那仅仅是没感觉到而已，实际上身体还是疲惫了。例如，有些人经常熬夜打麻将。一方面是因为麻将比较有意思，另一方面也是因为大家一起玩中途退场不太好。林则徐与左宗棠的彻夜会谈是在讨论国事，聊的都是双方最为关心的话题，所以很容易陷入忘我的状态。

《世说新语》是一部写于公元5世纪的逸事集。书中记录了这样一件事。东晋的丞相王导（267—330）招待了一位名叫祖约的人。双方聊得非常尽兴，一直聊到了天明。王丞相第二天早上要会客，他连梳头的时间都没有，就直接以熬夜后的姿态见了客人。客人见到王丞相这副容颜，问道："你昨天怎么了？是失眠了吗？"王导回答说："昨夜与士少（祖约的字）相谈，竟忘记了疲惫。"看来，王导并不是不累，只是忘记了疲惫而已。

该书还介绍了祖约的另一件趣事。书中说祖约好财物，一位叫阮孚的人好木屐，二人都沉迷其中无法自拔，都为所好之物煞费苦心，用现代的话讲就是两个收集狂。朋友们都觉得二人在收集无聊之物，但又无法判断哪个人收集的东西更无聊。于是，朋友们之间产生了意见分歧。

3世纪到4世纪的中国是老庄思想的全盛时期，最有代表性的就是“竹林七贤”了。这也是佛教开始在中国站稳脚跟的时期，如果从“一切皆空”的思想出发，那么祖约和阮孚二人的行为的确应该被人嘲笑。

我们并不清楚祖约所好的财物具体是什么，应该是比较值钱的东西吧，可能是钱、装饰品、金银等。那个时代的一些故事中会提到当时的奢侈品珊瑚，想必珊瑚也是祖约的所好之物吧。朋友们决定突然拜访这二人，他们想通过二人的反应来判定二人的优劣。据说祖约知道有人来后，慌忙把自己的财物藏了起来，手忙脚乱之中还是有两个小箱子没能藏好。于是祖约歪着身子，想遮掩没能藏起来的箱子，脸上亦浮现出焦躁不安的神情。而阮孚则没有慌张，即便是有客突然造访，他还是亲自吹灭了灯火，并将蜡涂在木屐上。阮孚叹曰：“人生能穿几回屐。”朋友们心中有了定论，当然是木屐狂更胜一筹了。

丞相王导有两位追随者，分别是侍中许璪和司空顾和，他们相当于王导派系的头目。这二人来王导家里很随便，经常在王导家里吃喝玩乐、聊天。王导也无所谓，命他们在府上自行其便。许璪躺在床上后，不久便鼾声大作，进入梦乡。而顾和则辗转反侧，彻夜未眠。

这段故事也出自《世说新语》。估计当天晚上也传来了王导的一声叹息："我也睡不着。"一边是鼾声如雷，一边是辗转反侧。相信那一夜王导也未能安然入睡。和祖约彻夜长谈可能没感觉到累，但那个晚上情况则不同。躺在床上的王导，应该会因为二人的不消停而格外疲惫。

过去的人大体上都习惯早睡早起，原因之一是当时的灯油和蜡烛比较昂贵。我们尚不清楚蜡烛究竟发明于何时。中国战国末期的古墓中出土过青铜烛台，而且出土的烛台中间设有固定蜡烛的竖钉。所以，人们通常认为那个时代已经有蜡烛了。同样，意大利庞贝遗址中也曾发现了装有竖钉的烛台。可见，东西方都是在公元前3世纪前后发明了蜡烛。

当时，这些照明工具造价都比较高，人们还不能随心所欲地使用照明设施，早点睡觉是一种比较明智的选择。《世说新语》记载了收集萤火虫、利用萤光学习的车胤和借雪光读书的孙康。

从唐末至10世纪后半叶，南唐曾在江南建立政权。论奢侈程度，南唐不逊色于任何时代。南唐时期产生了极尽奢华的文房四宝，如李廷珪的墨和澄心堂的纸。这些奢侈品工艺极佳，现代科技都难以仿制出品质完全相同的东西来。南唐最终亡于宋，975年南唐的国都金陵（今南京）沦陷。宋朝的一个将军把南唐的宫女叫到了房间，结果这些宫女都皱起了眉头，说道："太呛人了。"宋朝将军的房间是用浸过灯油的灯芯照明的，将油灯换成蜡烛后，她们又说："更呛人了。"问她们南唐的宫殿用什么照明，她们回答说到了晚上用大宝珠来照亮房间。

据说，以厚书为枕非常舒服。以前的枕头多为木枕，如果换成柔软的纸质书为枕，会比真正的枕头有弹性。也就是说，枕着书睡觉应该会睡得比较香。当然，这只是我个人先入为主的观念而已，反正我觉得枕头柔软是比较容易令人入睡的。

奢侈的人会枕翡翠、珊瑚、水晶等入睡，这些东西都不柔软。宋代以后，有了定窑、汝窑、磁州窑出产的瓷枕，后又发展出陶枕。当然，竹枕在古代也并不少见。相比柔软程度而言，古人好像更欢迎凉冰冰的枕头，也许他们认为，睡觉时给脑袋降降温更舒服。

遇到战争或灾害时，人们是无法正常休息的。这是因为非常之时无法带着枕头到处走。那么，此时要睡觉该怎么办呢？当然是要么枕着胳膊睡，要么枕着武器睡了。"枕戈入眠"大概就是这个意思。当然，特殊时期也不可能穿睡衣入睡。唐末的李洞频频经历动乱，他在诗中写道："六州安抚后，万户解衣眠。”意思是，人们不知道何时会出门逃难，所以不能脱衣而眠。当重新迎来和平的生活后，人们就可以脱掉衣物，舒舒服服地睡觉了。

相信有不少人有过这样的经历。战争时期，因担心空袭而不得不管制灯火。在灯火管制的情况下，人们只能和衣而眠。战争结束后，人们终于可以不用担心被防空警报惊醒了。经历过种种磨难后，安安稳稳地睡一觉是一种难以言表的幸福，甚至是刻骨铭心的幸福。“万户解衣眠”虽为千年前的诗句，但现在仍然能够触动我们的内心。当然，这句诗或许受到了李白的“万户捣衣声”的影响。在当今社会，捣衣板这种东西早已远离了我们的生活，还是“解衣眠”更为亲切，更能触动我们的心灵。

和衣而睡不仅限于战争或者灾难期间，在宫中值夜时亦得如此。值夜是为了以防万一。实际上，意外并不会经常发生。值夜的人好像也经常把剑卸下来放在跟前，然后松开腰带小睡一下。据说，民间迷信认为系着腰带睡觉会梦见蛇。这个迷信显然很武断，或许是因为腰带是细长的，于是就联想到了同样细长的蛇吧。

像玄奘这样的高僧也难免会做奇怪的梦。有人认为，睡眠之中本人其实并不在场。就是说在睡眠中，人的灵魂出窍了，仅是肉体躺在那里而已。虽说肉体只是一具皮囊，但人醒来时灵魂是需要附着在肉体上的。如果灵魂回来时，没有可以附着的肉体将会非常麻烦。因此，又产生了这样的想法：谁来保护灵魂离开后的肉体？

有很多陶枕制成了虎的形状，这源于借虎威以驱魔的习俗。虽然书上是这样说的，但在博物馆虎形陶枕却并不多见。博物馆中最为常见的是童子形陶枕。有的陶枕是童子的身子直接连着头部，有的是童子的身上有莲叶，莲叶可承接枕者的头部。这些童子形陶枕体现出人们渴望安睡的愿望，天真无邪的童子或许具有驱魔的力量。如果进一步推测的话，我认为这些陶枕很可能是渴望生育的女性所使用的。

朝鲜半岛南部的新安海域发现了古代沉船。这艘沉船很可能是元代的贸易船只，沉船中打捞出数目众多的宋元瓷器。一时间，沉船的消息不胫而走，广为人知。光州博物馆展出了其中的一部分出水文物，我也曾兴高采烈地前去观赏。我去的那天是周一，正赶上光州博物馆闭馆。后来，他们特意申请到钥匙，为我打开了博物馆的大门。现在回想起来，仍然觉得十分不好意思。这些展出的水下文物中就有青白瓷陶枕。陶枕的形象是一位躺倒的女性，单手贴着后脑勺，另一只手撑着类似于荷叶形状的东西。荷叶就是头枕之处。这个陶枕不是童子形象，而是一名女性形象，或许是供男性使用的。

白鹤美术馆所藏的宋三彩枕又称“诗文枕”，这是因为该枕呈书写诗文的书页形状。这个枕头大概是文人所用之物，或许主人在梦中也对诗文如痴如醉。我在图录中也见过鱼纹、鹦鹉纹的陶枕。其中有些陶枕中还带有“福”字图样，枕头主人可能是想一边睡觉一边祈福吧。

文献中记有非常著名的“虎头枕”的故事。此事发生于元帝咸熙年间（263），即魏被晋取而代之那一年。据说宫人在清点国库时发现了这只玉制的虎头枕。该枕是梁冀（有东汉跋扈将军之称）被诛时没收之物。据说，殷纣王和妲己曾使用该枕共眠。该虎头枕的虎头下颚之下写有篆书。当时的人以此断定此枕为商代之物。笔者认为，这个枕头并不是商代的。如果是商代玉枕的话，上面的文字应该为甲骨文才对。难道魏晋时期已经可以解读甲骨文了吗？

汉代有一位著名的飞将军李广，他有一段故事曾广为流传。一日，李广将岩石看成了老虎，于是开弓搭箭向其射去，所发之利箭竟然没入石中。还有一个传说是描述他与老虎的。李广曾与兄弟到宜山之北狩猎，途遇老虎。李广将虎射杀后割头为枕。这里所提的“虎头枕”可不是陶瓷做的，而是真正以老虎头制成的枕头。古时候，越是凶恶的动物人们就越是加以侮辱，可能是古人想通过这种方式来辟邪。李广其后又以铜铸虎，并做成虎形便器。这对于老虎来说是相当大的侮辱了。这种虎形的便器在中国被称为“虎子”。据《候鲭录》讲，“虎子”这种说法就源自李广。而《西京杂记》中却有另一番解释，据该书讲，汉代时以玉做成虎形便器，帝王巡幸时侍从携此物从之。

关于梦的话题

前文出现了睡眠和枕头的话题，所以下面如果不讲一讲与梦有关的话题好像总有些缺憾。前文提到过玄奘翻译《般若心经》，相信大家对“颠倒梦想”这个词还有印象。有人认为梦是不吉利的，也有人持相反意见。如果要归纳一下与梦相关的传说和习俗，相信一定会没有结果的，因为关于梦的传说和习俗不胜枚举。弗洛伊德从精神分析的角度出发，给梦赋予了新的涵义。

从科学角度来讲，梦还有很多未解之谜。如果梦的谜团统统被解开的话，我想人的一生也就没有“梦”了。

与梦相关的传说数不胜数。要说中日两国共通的“梦”之传说，则莫过于“邯郸梦”了。“邯郸梦”以短暂的睡眠中做了一个长长的梦为题材，讲述了一个虚幻而不能实现的梦的故事。可以说，“邯郸梦”是梦之虚幻性的代表。

也许在形成文字之前，“邯郸梦”曾经历过很长一段时间的口头流传。最终，“邯郸梦”因唐代沈既济所写的《枕中记》而广为人知。沈既济生活于8世纪后半叶，是一位著名的史学家。关于《枕中记》，我曾就其原文写过一些文章，收录于《唐代传奇》中。

下面，我来介绍一下故事的梗概。从前，有一位叫作卢生的年轻人。他家境贫寒，对现实抱有种种不满。有一天，在邯郸的下榻之处，他遇到了一位云游的老人。这位老人自称吕翁，精通神仙之术。老人听了卢生的诉说之后，将一个两端留有孔洞的青瓷枕头借给了卢生。卢生枕着老人借给他的枕头就入睡了。枕头两侧的孔洞开始不断变大，卢生顺着孔洞走了进去。之后，卢生不仅娶了出身名门的美女为妻，还进士及第。卢生一路飞黄腾达，官至京兆尹。后来他又做了节度使，因大破入侵的吐蕃军队而进一步升迁，后来又因当朝宰相的忌妒而左迁至南方。三年后，他得到重新起用，从侍卫长一直升任至宰相，并辅佐天子达十年时间。后来，因有人上奏其涉嫌谋反，遭到金吾将军的逮捕。卢生万念俱灰，准备一死了之时被贤惠的妻子拦了下来，自杀未遂。后来，卢生被流放驩州（今属越南）。数年以后，因朝廷判定其谋反之罪子虚乌有，卢生又官复原职。他不仅再度就任宰相，还被封为公爵，过上了极尽奢华的生活，身边美女环绕。但此时的卢生已年老体衰，开始与病床为伴了。朝廷派来天下名医为其诊病，皇帝派来探视的钦差……然而一切都已徒劳，卢生在荣华富贵之中走到了人生的尽头——此时，卢生打了一个大哈欠，梦也醒了。

卢生睁眼一看，店主还在煮黍子。他刚睡时店主就在煮黍子，而醒来时黍子尚未煮熟。就是说，在短短的时间里，卢生梦到了五十年的荣华和屈辱。顿悟后的卢生向吕翁表达了谢意，带着教训离开了。

因故事发生在邯郸，所以有“邯郸梦”之称。又因为是煮黍子时做的梦，所以得名“黄粱一梦”。而将人导入梦境的枕头是从吕翁囊中取出的，所以又称“囊中枕”。

日本的能乐[1]《邯郸》便是由此而来，但是故事情节略有不同。能乐《邯郸》中的枕头是从住处女掌柜的手中借来的，且梦到的是楚国国王突然让位于他。能乐中也没有下台、左迁、流放等跌宕起伏的情节，是一帆风顺的五十年。

“鸡鸣枕上，夜气方回。繁华靡丽，过眼皆空。五十年来，总成一梦。却正如邯郸梦断……”能乐《邯郸》以这样

1 意为“有情节的艺能”，日本传统艺术形式之一。

一段意味深长的话收尾。因为能乐是非现实、非写实的，所以将《枕中记》中煞有介事的官职名称、变幻莫测的写实部分等轻描淡写地去掉了。

不管怎么说，“邯郸梦”只不过是一个警示类的故事。与中国的梦相关的故事中，最具哲学意味的莫过于《庄子》的“梦蝶”了。

庄子在梦中变成一只蝴蝶，翩翩起舞，完全是一副快乐的心境。在那个时候，他甚至完全忘记了自己就是庄子，蓦然睁开双眼，又意识到自己的的确确就是庄子。但是，仔细想想，到底是庄子在梦中变成了蝴蝶，还是蝴蝶在梦中变成庄子了呢？蝴蝶非人，人亦非蝴蝶。梦和现实是不同的，这都是基本常识。果真梦就只是梦，现实就只是现实吗？能够区别它们的又是什么呢？

美和丑也是如此，它们的区别又是靠什么来界定的呢？

庄子想获得的是绝对的自由。如果认识不到一切的终极只有一个，那就无法到达那个境界。在梦中，就在那里尽情游乐；在现实中，也在那里尽情游乐。所谓自由，就必须无视常识性的区别，如果不超越这个层次就无法真正地把握它。

我认为“梦蝶”是理解庄子哲学最为便捷的入口。万物原本都是一体的，只不过是变换着各种姿态而已。李白在其诗中用了一个通俗易懂的比喻。秦朝时，邵平曾为东陵侯，到了汉朝，他成了一名百姓，在青门外开了一片瓜田。这片瓜田出产的瓜美味香甜，远近闻名。那么，这个人究竟是东陵侯，还是种瓜名人呢？如果他是庄子理想中绝对自由的人，当东陵侯时应该拥有与其身份相称的快乐，在瓜田中亦应沉浸在种瓜的妙趣中而每日乐此不疲。

庄周梦胡蝶，胡蝶为庄周。
一体更变易，万事良悠悠。
乃知蓬莱水，复作清浅流。
青门种瓜人，旧日东陵侯。
富贵故如此，营营何所求。

晚唐诗人李商隐曾经历过丧妻之痛，他见到妻子的遗物锦瑟后睹物思人，创作了一首追忆往昔岁月的诗。诗中有一句写道："庄生晓梦迷蝴蝶。"

李商隐将与妻子度过的日日夜夜喻为梦。如果真是那样的话，那么丧妻后就是梦醒的状态了。但是，我感觉他的心中仍然装着妻子，与过去关联起来，即为表现之一。

别人请江户川乱步在彩纸上写东西时，他一定会写上相同的句子：“现世为梦，夜梦乃真。”每当我想起这句话时，就会不由自主地联想到庄子。

“浮生暂寄梦中梦，世事如闻风里风。”这是晚唐诗人李群玉的诗句，读之虽然略感有技巧使用过度之嫌，但容易让人联想起“梦蝶”。将该句视为“梦蝶”的变体也不为过。

《庄子》中有一句话“梦之中又占其梦焉”，出自与“梦蝶”相同的《内篇·齐物论》，意为在梦中做梦，而且在梦中占卜那个梦是吉是凶。

归根结底，这个世界就是梦。无论吉凶，都是一场梦。庄子所诉说的，就是对这种梦的开悟。

梦里面既有特别现实的，也有自始至终特别像做梦的。梦之中，好像还有“这就是梦”的那种梦。即使是做了非常痛苦的梦，也会想：“因为这是梦，所以总会醒吧。”当彻底醒过来后，仔细想一想，或许就是这个东西。那么，“想一想”的主体又是什么呢？

《列子》有一篇关于黄帝的逸事，人们根据这则典故将吉梦称为“华胥之梦”。

黄帝曾治理天下，并因政治进展不顺而忧心忡忡，时常做梦。他作为天子，经常会思考怎样去构建一个理想的社会。一日，黄帝午睡时真的梦到了理想的社会。那里称作

“华胥氏之国”，是一个没有“帅长”（首长、国王）的国家。其国人无嗜欲，亦不知乐生恶死。一切皆自然，因无亲疏之差，故无爱憎。做了这个梦以后，黄帝幡然醒悟。此后二十八年，天下大治。他说道：“几近华胥氏之国。”

因为是天下太平的美梦，所以“华胥之梦”当然是吉梦了。话又说回来，华胥氏的国人们果真幸福吗？即便是表面看起来很幸福，他们本人到底幸福不幸福也应是无从知晓的。他们不觉得活着是一件好事，也不觉得死了是一件坏事。虽说这样的人是自然的，但总觉得这样的人已经不像是人了。

说起来，这样的国家是不可能实际存在的，它仅出现在黄帝的梦中，在现实中被创造出来时也只不过是转瞬即逝的泡影。“华胥之梦”与其说是吉梦的象征，更多是被理解为“不存在的东西”或“仅仅是个梦而已”。

但是，如果说其是乌托邦也不对，不知快乐为何物者是没有成为乌托邦居民的资格的。极端点说，华胥氏的国人与变形虫是一样的。

将人们都弄成“华胥氏的国民”，并将其作为政治理想会怎样呢？相信这并不可以成为政治理想并不断发展。这个传说是否有这样的底层含义——担心觊觎帝位或王位的人出现，担心出现叛乱。如果统治的对象都是“华胥国人民”那样的，那确实太好办了。无论出现什么样的暴君，他们甚至连憎恶都不知道。比起“华胥之梦”来，唐代传奇中出现的“槐安之梦”则更为有趣。据说，“槐安之梦”是李公佐之作。但这个故事是李公佐自己创作的，还是他根据类似的传说润色而成的，目前尚不得而知。李公佐所写传奇的正式题目是《南柯太守传》或《南柯记》。或许是因为太过有趣，泷泽马琴将其重新改写，写成一部名为《三七全传南柯梦》的小说。我曾介绍过这部小说。简言之，就是主人公在梦中去了蚂蚁王国。

主人公饮酒过多，不胜酒力，酒后有些失态，被友人搀扶至府邸东侧屋檐廊下入睡。他家中有一棵巨大的槐树，槐树形成一片非常舒适的树荫，所以主人公经常在此饮酒。

如果用倒叙法来说，就是槐树的树洞里有一个蚂蚁大帝国槐安国，主人公成为了国王次女瑶芳的夫君。他们的婚后生活也非常快乐，那里有名为灵龟山的崇山峻岭，有宽阔的河流和沼泽，树木繁盛茂密，他们在此狩猎游乐。主人公被任命为这个国家的南柯郡太守。当地政局混乱，所以必须加以整治。主人公获得批准后，提拔了自己信赖的两位朋友。周姓男子和田姓男子成为其幕僚，他们在当地取得了很好的政绩。

那个世界中也有战争，檀罗国发兵来攻，周姓幕僚未能守住防线，被敌人缴获了大量的战利品。周姓幕僚因此郁郁寡欢，患病而死。朋友去世后，主人公最爱的妻子也去世了。于是，主人公退出了政界。但是，主人公拥有很高的声望，所以身边仍然有很多人追随他。但是国王却不高兴了。就在此时，有人预言道："先兆不祥，国将有大难，必迁都，祖庙将坍塌。"事因他族而生，但祸起萧墙之内。

对于蚂蚁来说，主人公是人类，属于他族。国王批准了他返回故乡。在过去的二十年中，主人公与亡妻共生育了五男二女。国王命令孙子们留下，并许诺他三年后可以前来迎接。

主人公由侍从护送，由一个蚁穴钻出，钻出的地方就是他的故乡。到这里梦就醒了，这种梦醒的方式着实有点意思。

主人公从蚁穴钻出来后，回到了久别的家。在东檐廊处，他看到了一个人躺在地上——那人就是主人公自己。主人公大惊失色，身体发软，双腿不能前行。

就在此时，只听见侍从连声大呼主人公的名字——淳于棼。

主人公睁开了眼睛，躺在地上的男人和由蚁穴钻出来的男人，也睁开了眼睛。

原来的场景又重新出现在眼前。仆人在清扫庭院，搀扶他的朋友正在洗脚。从醉倒在地、失去意识再到醒来，并没有过去太长时间，但以担任南柯国太守的时间来计算，已经匆匆二十余载。

邯郸梦的年数是五十年，与这个故事的年数有所不同，但二者都属于口头传承的民间荒诞故事。《枕中记》中描写邯郸梦的沈既济生活于8世纪后半叶，而《南柯太守传》的作者李公佐也是唐代人，生活于9世纪。这两个传说的共同点都是在短睡时做了一个发生了各种事情的长梦。当然也有不同之处，槐安梦的故事中出现了梦应验的环节。

《南柯太守记》中说主人公梦醒后找到了槐树根的洞，并砍倒了腐烂的树干，掘开了洞口，里面又出现了一个巨大的空洞，仔细一看，宫殿城郭赫然耸立，就像小小的模型一般，里面生活着数量惊人的蚂蚁。这里就是槐安国的首都了。

再去别的洞穴一看，在延伸的枝干上建有楼阁和土城，另一个洞穴中则有腐朽的龟甲。龟甲应该就是淳于棼新婚时经常于此狩猎的灵龟山。

当晚，风雨大作。第二天早晨暴风雨过后，蚁穴和蚁群都已不知所踪。看来，这正是应验了“必迁国都”的预言。

淳于棼家东侧有檀木，檀木上盘有藤萝，藤萝处有大群蚂蚁，这应是与槐安国交战的檀罗国无疑。

主人公赶紧赶往附近的六合县，去看望周姓友人和田姓友人，结果发现周姓友人已患急病而死，田姓友人则正与病床为伴。

淳于棼从槐安梦的无常中体验到了人世间的虚无。而后，他遁入道门，并于三年后辞世。这个结局也符合三年后前去迎接儿女的约定。

这个传说中，梦的应验显得有些冗长。相比来讲，邯郸梦给人的感觉更加轻松、淡然。但我觉得，槐安梦中关于应验的描写比较具有中国特色——无论什么都得相互契合。如果哪里有所欠缺，就会感觉不舒服。中国的诗歌也是如此，非常重视平仄，律诗重视对仗也是这种思维的表现，即所谓“有阴则必有阳”。提起阴阳学说，归根到底是以尊重相互契合的平衡感为基础的。

被视为深山幽谷的灵龟山，其实是一具腐朽的龟甲。这个构思在该故事中其实是一处重点。

蚂蚁对我们来说，是极其微小的虫子。对于蚂蚁来说，龟甲无疑是巨大的山峰。如果从比我们更为巨大的东西的角度来看，我们看到的高山大河可能不过是一个小土堆和一丝从水坑流出的细流而已。

在更为巨大的东西与我们的现实重合时产生恐惧，人类自古有之。这是因为人们知晓诸如蚂蚁、跳蚤等微小的存在。蚂蚁真的能看到人吗？同理，我们肉眼看不到的巨大的存在也未必就不存在。

无法用肉眼捕捉的巨大的存在，就像人类之于蚂蚁。它们没准儿会一时性起，把我们踩死，捻死。

蚂蚁为了过冬，会孜孜不倦地搬运食物。我们看到蚂蚁如此辛苦时，可能会嘲笑这些微小的生物。其实，我们也会为了谋生而努力奔波。那么，会不会在哪里也有庞然大物在嘲笑我们这些微小的生物呢？小时候，一边思考着这些问题一边学习时，会有一种被愚弄的感觉，我还曾把书本扔掉。这大概就是掺杂着对未来观察的想象，相信谁都会有过这种程度的空想经历吧。

或许别的星球上，也会有人拿着精巧的望远镜（可能并不是我们那种霉菌丛生的老旧工具，反正就是类似的东西）在细致入微地观察着我们。肯定会有人断言这是绝对不可能的事。据说，现在诸如人造卫星等天体正在我们的上空盘旋，我用肉眼一次也没有看到过它们，但是，我们不能否定它们是真实存在的，也不能否定它们正在沿着轨道行驶。

人类的认识真的过于浅陋。尽管如此，我们还能驰骋于我们肉眼可见以外的空间。因此，我觉得应该会有更为巨大的存在正在嘲笑着我们的人造卫星。

可以说，“槐安梦”将人类空想的若干恐惧给故事化了。在《南柯太守传》中，我最为印象深刻的莫过于那具腐朽的龟甲了，也就是主人公新婚时狩猎的灵龟山。

在主人公淳于棼睡醒那一段，原文如是写道：“二使因大呼生之姓名数声，生遂发悟如初。”

据说，人的灵魂刚刚飘离肉体时，如果大声呼其姓名，灵魂就会归位。

古时候，人死之后，中国有登上房顶大呼“某某人，快回来”的习俗，这个习俗在文献之中也有所记载。据说，有的地方还将此习俗流传至今。不仅限于中国，据说“招魂”这个习俗广泛存在于世界各地，只是中国更善于将这些习俗记载于文献中罢了。习俗载于文献后，就更容易流传下来。根据记载，如死者为男性，则三呼其名；如死者为女性，则三次叫她的外号。规定这些事情好像都是儒者的工作，有观点认为，孔子出身于以葬礼为家业的家庭。这个说法，目前在学界占据上风。从事葬礼行业的人，基于职业关系更会认为这些规定是十分必要的。

对于儒家，墨子做过十分尖锐的论述。在其“非儒”

（否定儒家论）一文中，他写道：“其亲死，列尸弗殓，登屋窥井，挑鼠穴，探涤器，而求其人矣。”

墨子对儒家的做法进行了批判，他认为如果人的灵魂隐藏在某些地方并且实际上并没有死的话，那可真是太荒谬了。他还直言不讳地指出，明明知道人已经死了，还去祈求还魂，那可真是“伪亦大矣”。从墨子的文章中可以看出，不仅是房顶，井中、鼠洞、厨房的器皿中都可以寻找灵魂的去处。《南柯太守传》将人的灵魂描绘成人的形状还是蚂蚁的形状呢？如果是蚂蚁的形状，那完全是可以钻入鼠穴的。

像邯郸梦、槐安梦这样，有很多故事、小说将现实中不太可能发生的事情描写为“梦”。与此相反，也有将现实中发生过的事情当成梦的醒悟方法和解脱方法。

《列子》中有这样一则故事，说一个郑国（前806—前375年，春秋时代的国名，领土范围大约是今河南省新郑县一带）男子在山野伐薪，途遇“骇鹿”。“骇鹿”可能指的是受到惊吓而狂奔的鹿。鹿受到惊吓后开始胡乱地狂奔起来，因过于疲累甚至无暇四顾，很容易猎杀，伐薪男子成功将“骇鹿”杀死。或许是刚才背着柴的缘故，他杀死“骇鹿”后无法立即将其背回家，于是就将那只鹿藏到了“隍”中。“隍”就是郊外的空壕沟。因壕沟凹于地面，且壕中无水，所以找一个大的东西盖住即可。为了不被别人发现，他找来了一片很大的芭蕉叶将壕沟盖住。能够意外收获到这份猎物，伐薪男子异常高兴。

当时，鹿好像是人们眼中非常高级的食物，毕竟鹿是一种数量稀少且极难捕获的动物。后来，人们以“中原逐鹿”来比喻争夺天下。

伐薪男子大喜过望，陷入到兴奋的状态之中。由于过于兴奋，他忘记了一个重要的事情——鹿的隐藏地点。那么，他该如何是好呢？

“怅然如有所失，又好似梦一场。”也就是说，他只能放弃那只“骇鹿”了。好不容易碰见了一只鹿，又费尽周折地将其弄到手。然而，到手的猎物就这样不翼而飞了，真可谓是竹篮打水一场空。他曾真真切切地将那只鹿拖到了壕沟里，但忘记了藏鹿的地点，等于猎鹿之事未曾发生，就等于做了一场白日梦。

中日甲午战争以后，清朝有一伙人主张仿效日本实行君主立宪制，进而实现中国的近代化，这些人有康有为、谭嗣同、梁启超等，黄遵宪也是这个团体中的一员，他是近代著名的外交官。黄遵宪曾担任清政府驻日本、美国、英国、新加坡等地的使节。

清末，政治大权掌握在西太后的手中，西太后推行的是保守政治。光绪帝虽然年满20岁，已长大成人，但仍不能参与政事。

上述推崇君主立宪制的一派又称“变法派”。顽固不化的西太后认为祖宗之法不可变，依然以原有的方式处理政务。与此相反，变法派则认为“祖宗之法”阻碍中国的近代化发展，改变才是正途。所以，人们将他们的主张称为“变法”。变法派认为，只要西太后掌握政权，就不可能变法。基于这种考虑，变法派企图发动政变，做困兽之斗。遗憾的是，变法派发动的政变因袁世凯的出卖而失败。康有为、梁启超等人亡命海外，以谭嗣同为首的六个人被处以极刑。

黄遵宪被清政府任命为驻日公使。为了准备赴任，黄遵宪当时身在上海，不在北京，所以与政变并不直接相干。不仅如此，有些掌权者非常爱惜他的才能，所以保住了黄遵宪。黄遵宪最终免于极刑，发回广东原籍。

回到广东后，黄遵宪写了一首名为《到家》的七言律诗。诗中云：“少眠易醒藏蕉梦。”少眠即是浅睡之意。谋求国家近代化的变法运动虽然成为现实，但又草草以失败而告终。正如郑国那个伐薪男子一样，虽然杀鹿成功，但因为忘记藏鹿之处而不得不饮恨放弃，空欢喜一场。所谓的“易醒”是指睡眠不深，无法沉睡，这是因为黄遵宪怀有“如不变法，难以救国”的迫切之心。黄遵宪之所以夜不成寐，也许就因上述的种种原因吧。

黄遵宪诗中的“藏蕉梦”一般说成“蕉鹿梦”。根据诗歌的规则，七言诗的第二字和第六字应为同音，即所谓“二六同原则”。根据“二六同原则”，与第二字“眠”字（平字）音异的“鹿”字（仄字）不可以用于第六字。因此，他使用了与“眠”字相同的平字“蕉”。

旧体汉诗诸如此类的束缚还有很多，因此有人说旧体诗无法充分地表达情感。也有人反驳说，无限制的自由体诗歌丧失了诗歌的品格。《诗刊》为中国发行的诗歌类专门杂志，目前看来，还是新体诗占据主流，而旧体诗则相对较少。

《列子》中的“蕉鹿之梦”故事实际上还有后话。

郑国的伐薪男子忘记了藏鹿之所，所以放弃了寻鹿的想法。他口中一边嘟囔着一边走：“明明用芭蕉叶子盖住了，可是我竟忘了藏在哪里了。那就是做了一个梦而已，是梦境，是一个梦……”

他一边嘟囔着一边回了家。因为他发牢骚的声音很大，所以有人听到了他说的话。那个听到他说话的男子真的找到了芭蕉叶，最终找到了那只藏在壕沟里的鹿。那个男子回到家以后，把事情的经过告诉了自己的妻子："刚才伐薪男子说在梦里得到了鹿，但不知道鹿在哪里。如今，我得到了这只鹿。这说明伐薪男子的梦很灵验。"

他的妻子是一个爱辩理的人："虽然说你找到了那个伐薪人的鹿，但你的梦中原本是有那个伐薪男人的，现在你把鹿弄到手了，那应该是你的梦很灵验才对。"

男人根据对方的"梦"真的找到了鹿，到底是谁的梦灵验了呢？男子开始糊涂了："总之，我就是这样得到了鹿，难道不是真的有鹿吗？是那个男人的梦，还是我的梦，都无所谓。"想必那个男子如是回答时应该面带不悦。

而刚才的那个伐薪人嘴上对失去猎物很是惋惜，以做梦为由放弃了那只鹿。但是，事情并没有就此结束。那个伐薪人后来又梦到了鹿。梦中，他不仅梦到了藏鹿的地方，还梦到了找到并拿走鹿的那个男子，甚至梦到了拿走鹿的男子的住处。

第二天，他根据梦的指引去找鹿，发现鹿真的在那里。结果，双方争执不下，都认为鹿是自己的，最后只能去打官司了。郑国掌管诉讼的官职为"士师"，士师的判决如下。因为判决十分繁琐，故需慢慢读之。

你最初确实得了鹿，却轻率地将此视为梦。你真的认为是在梦中得了鹿，并草率地将此当成了事实。他真的是得到了鹿，并与你争鹿。他的妻子以及他在梦中也承认这鹿是别人的，并说别人得了鹿。总之，这里有一只鹿是事实，也只有鹿在这里是事实，所以这只鹿你们一人一半。

这项判决被报至郑国国君那里。国君向宰相询问道："士师不也是一样在梦中将人家的鹿分成了两半？"并批评士师不能明辨是非。宰相回答道："是不是梦我也无法区分。能清楚地将'觉'和'梦'分开的，只有黄帝和孔子。既然黄帝和孔子都已经故去，所以应该按照士师的判决执行。"

"蝴蝶梦"和"蕉鹿梦"都颇具哲理。在《列子》的"蕉鹿梦"中，连裁判官都被卷入其中。鹿在脑中一圈一圈地旋转，这个故事让人想起《庄子》中的那个梦。

相传，《列子》是古代思想家列御寇的著作，但也有人怀疑列子是个杜撰出来的人物。如果列子真实存在的话，他大约生活在公元前4世纪左右。他的著作并没有获得太高的评价，特别是收录"蕉鹿之梦"的《穆王篇》评价最差。该篇被人们认定为荒唐无稽之说，非君子之言。也就是说，列子被人们轻视了，他在人们眼中，地位就像我等小说家一般。

《史记》并未为其立传，足见列子的境遇不佳。《列子》一书有前后矛盾之处，且内容上也不连贯。这可能是由于《列子》是由多位作者写成的，或者可能是他的书中掺杂了其他人写的内容。《穆王篇》屡次出现关于梦的话题，甚至还有分析“觉”和“梦”的相关内容。可以说《列子》的有趣之处，正是这些奇闻逸事。其中，有一篇文章名为“役夫梦”。役夫就是服役的人，指古代被征用或雇用从事体力劳动的老百姓。

故事说周朝有个叫尹氏的大富豪，他手下拥有大量的民夫，资产也是不断膨胀。主人公是一位老役夫，他被尹氏命令去干各种活，受到了残酷的剥削。白天的时候，因为工作过于劳累，老役夫一边呻吟一边劳作。到了晚上，因为身体过于疲惫，所以他能很快进入梦乡。他的精神很快就放松下来，经常做梦，梦到另一个世界。每天晚上，他在梦中都会成为一位国王。他在梦中统治天下，住在宏伟的宫殿中，设宴游乐……那种快乐是任何事情都无法比拟的。有的人对老役夫的辛苦很是同情。老役夫回答说：“人生百年，昼夜各占一半。我白天是奴隶，辛苦自是不必说。但到了晚上，我就是国王。那种快乐简直是棒极了。”

他总结道：“我又何出怨言呢？”此人半生为王，即使另外半生受尽折磨也不觉得怨恨。

唐代杜甫有一首诗，名为《兵车行》。诗中有一段写到士兵，他们谴责无益的战争，诗云：“役夫敢申恨？”

读到这句诗，我马上联想到了《列子》中的老役夫。杜甫的诗中不会出现关于梦的话题。他一边说不会去怨恨，一边又将怨恨付诸诗句。情况完全不同，但二者表达相似之处却不少。所以，我感觉杜甫可能对《列子》中的奇闻逸事有所了解。本人纯属外行，所以不敢妄自将杜甫的《兵车行》与《列子》中的老役夫关联起来。我个人比较喜欢《杜诗镜铨》，该书中完全没有涉及类似的内容。

如上所述，《列子》存在诸多问题。这部书最为广为人知的时代要数唐代了。唐王朝时期，统治者们以老子的后代自居，据说《列子》作为道家的著作而广受关注。杜甫诗中的役夫一边声称不去怨恨，一边又倾诉着什么。或许这并非在倾诉不满，其中可能包含着某种奥妙。

老役夫的故事本来写到上面的程度就可以结尾了，但中国人讲究对称、平衡，所以原文又继续补充了很多内容。这不免有些狗尾续貂之嫌。下面该轮到大富豪尹氏出场了。

尹氏白天是一个大富豪，但是他为了增加资产而处心积虑，以至于身心俱疲。到了晚上，尹氏也会做梦，他做的梦是成为别人的奴仆，被打被骂被鞭笞，这样的梦境每天晚上都会重复上演。后来，他听从了朋友的劝告，放松了对奴仆的压榨。这样，大富豪尹氏终于可以安睡了。这样的结局给人一种做作的感觉。因而我认为故事到了“役夫之梦”处就可以结束了。

老役夫认为人生的一半是夜晚。我们的睡眠时间一般占一天的三分之一，但是，过去的灯油价格不菲，这是不容忽视的一点。可以想象，那时的人们应该很早就休息。当然，季节不同天头的长短也会有所不同。如果是冬天，躺下休息的时间应该会更长一些。冬日里，人们有一半时间或是睡觉，或是在黑暗的屋子里躺着休息。

另外，据《列子》引用的内容，宇宙西极的南角有个古莽国。那里阴阳之气不交，是一片奇异的土地。古莽国没有寒暑，因日月之光照射不到，所以也没有昼夜。那里的居民不吃东西，也不穿衣服。他们只是睡觉：“五旬一觉。”就是说他们五十天醒一次，打一个大哈欠。该国之人将梦中之事当作现实来考虑，而将醒来时看到的东西视为妄想。不吃东西、不穿衣服、只睡觉的人真的有思考能力吗？我们并不需要考虑这些，毕竟这只不过是一个比方而已。

现实与梦的问题并不简单。如果有人将非现实的东西都当成是梦，那也会发生相反的情况。例如，某事明明是现实，但因忌惮等缘故将其强说成是梦。

“巫山之梦”就是其中的代表。中国自古就开始用这个词来表达男女之间的情事。据说，故事发生在楚王游高唐之时。楚王在入睡期间，与巫山神女互相爱恋。神女离去时说自己早晨时会变成云，傍晚时则化成雨。“高唐之梦”的意思也是这样的，而这里的“巫山之云”和“巫山之雨”都指的是性爱无疑。阅读中国的小说，经常会遇到这样的场景。男女在某处相遇，互相搭讪，之后通常是二人进行了“云雨之事”。所谓“云雨之事”，就是指男女之间发生了关系。

楚王游高唐时，肯定是没少猎艳，在那里他或许遇见了自己中意的女子。虽然没有什么需要忌讳的，但作者还是将他们之间的情事描写成梦境中发生的事。笔者感觉，梦常常被当成一种掩饰或伪装的手段。

此外，过去的人们还认为梦具有预知的功能。平时思考却想不起来的事情，在梦中或许能够想起来。梦里的内容偶尔也有可能是真实情况的某种前兆。

中国人非常喜欢在前面埋下伏笔，并用伏笔与后面的结果相对照。如果后面发生了什么事情，那么前面一定会有“前兆”。中国人将此称为“谶”，可以解释为“验”，即应验的预言、预兆。“谶”通过各种凶兆、吉兆等形式表现出来。梦境时常在此处发挥着自己的作用。

东汉第二代皇帝为汉明帝（57—75年在位）。明帝梦到了金人（金制的像，被认为是佛像），于是派遣使节出使西域，请求在汉地传播佛教。

唐玄宗时期，有白色鹦鹉自岭南地区（广东地区）进贡而来。据说长期在宫中饲养，鹦鹉不仅能记住人说的话，还能自己说一些话。唐玄宗和杨贵妃非常喜爱，给鹦鹉起名为“雪衣女”。这只白鹦鹉是雌性鹦鹉。有一天，雪衣女落在了杨贵妃的镜台之上，它告诉杨贵妃，昨夜它梦到自己被一只秃鹫打落在此。

据说，这个“鹦鹉之梦”就是安史之乱、玄宗丢掉都城及杨贵妃命丧马嵬坡等一系列事件的“谶”——先兆。中国的丧服通常是由不染色的素质布料做成的，而白色丧服在丧服中最为常见。仔细想来，那只名为“雪衣女”的鹦鹉从始至终穿的都是丧服啊！事后想来……前后联系……如此这般，中国人最终会心领神会地点点头。细思起来，好像的确如此。

预　言

第二次世界大战期间，台湾有很多年轻人被送往战场。他们主要是被征用为日本军队的勤杂人员，或者是充当志愿兵。名为“志愿”，其实是强制性的。到了战争后期，在日本大学、高专就读的台湾学生，如不“志愿”就会被除名，而且不是光退学就可以了事的。不“志愿”的学生会被列为“危险人物”，饱受压迫。即便是在学校以外，他们也得随时待命。

被送往战场的人，有很多再也没能回来。

战后，有一些生还的台湾籍勤杂人员回到故土，他们把同伴在战争中死去的消息告诉战友的父母亲人。有一位老人无论如何也不能接受这样的事实，他拒绝相信自己儿子已经死了。这个家庭的女主人已经故去了，只剩下老父亲与儿子相依为命，儿子又被送往战场。可想而知，这个家庭的生活一定是非常艰辛的。老人找不到稳定的工作，只能靠打短工谋生，日子肯定是饥一顿饱一顿。可以猜想，他是多么热切地盼望儿子早日归来啊。他无数次地向神灵祈祷，日夜盼望着儿子能够平安归来。所以，他不愿相信儿子阵亡也是完全可以理解的。

老人的儿子在菲律宾的山中阵亡时，身旁有一个同为勤杂兵的台湾同伴。这个年轻人历经千辛万苦，终于活着回到了台湾。他将战友死时的具体情景告诉了其父，但老人就是不相信。老人坚持说自己的儿子看上去是咽气了，其实还没有死，儿子只是奄奄一息地躺在那里而已，只要尚存一口气，就代表人还活着。老人还固执地认为那个报信者为了逃命，而把气息尚存的儿子抛弃了。前来报丧的年轻人勃然大怒，拂袖而去。老人始终相信他的儿子并没有死，而是在濒死的时候被美军救走了。他还认为自己的儿子需要长期治疗，所以才迟迟未归。老人是这样认为的，也是这样向神灵祷告的。

台湾将加持祷告、传达神示的人称为“司公”，也就是道士之类的人。老人请来了“司公”，但好像并不是职业的“司公”。据说，那位“司公”收取了礼金，自称能够传达神灵指示。不过他相当可疑，他的本职工作是一个露天商贩。

周围的人都说那个“司公”不太对劲，于是老人又叫来了其他人一起参观。当时，我也受邀前去参观。据说，“司公”要想神灵附体，必须将自身置于恍惚忘我的境地，有时还需要音乐的配合。可能老人所求的“司公”比较贫穷，所以没有使用音乐。他剧烈地晃动着身体，想要达到那种忘我的境界。也就是说，那位“司公”采用的方法极其简朴，他想通过这种方法获得神灵附体。这种方法又被称为“跳”（跳神）。他的身体弯曲得比较奇特，无数次跃起。终于，“司公”用微弱的声音说出了神灵的指示：“您的儿子现在在医院。”

“你们听听，我说什么来着！”老人得意扬扬地向每一位前来围观的人炫耀道。直到现在，我也无法忘记那位老人当时脸上洋溢出来的表情。

台湾新庄山脚下有一座道观，名为泰山岩。我曾在此闭门不出一个月。那个时候，我见过两个正规的司公神灵附体。那两个司公是亲兄弟，他们扛着类似神舆的东西又蹦又跳。我马上联想到了日本祭礼中的“胡闹神舆”。不久，他们开始用扛着的棒子的一端，猛力在桌上啪啪敲打。再看一下那张事先准备好的桌子，满是被敲打后塌陷的痕迹。

据说，神附体在棒子上，棒端也是神所在之处。然后，司公拿着附有神灵的棒子开始在桌上写字。说是写字，实际上并不是普通的字。这时，桌旁的一个白发者就会起身来解读这种文字。这位解读神秘文字的人，在民俗学上相当于判断神意的审神者，又称为“萨尼瓦”（传达神讯的人）。之后，我向司公打听了一下，据说司公在神灵附体之后会十分疲惫困乏，必须横躺半日方可活动。

儿子死于战争的那位可怜老人，其后也是依靠神谕才活下去的吧。然而，他的儿子最终也没能回来。

人所不明白的，就只能去求神，然后由选定的人来传达神的启示。一般来说，我们将其称为“预言”。因为未来尚不明确，所以谈论未来当然就是预言了。诸如远方之人是否无恙等，都属于眼下尚不明确的事情。对于眼下尚不明确的事情，神亦会赐告，我觉得这种情况也可以包括在预言之内。

远古时期，人们完全不知道下一个瞬间将会发生什么，所以会持续性地不安。那时，人们无论什么事情都想知道神意如何，能够神灵附体、进行预言的人，自然就会成为团体的领袖。萨满（巫师）曾经就是集团的首领。《魏志·倭人传》对邪马台国的女王卑弥呼有过如下一段描写：“事鬼道，能惑众，年已长大，无夫婿，有男弟佐治国。”

这里面的“鬼道”很可能就是神灵附体。容易神灵附体的人，说起来多是感受能力强、神经质的人，而且好像还多是女性。远古时期，曾有过母系社会，从神意传达者的角度来分析，女性充当首领也是比较正常的。

古代日本，祭祀和政治是统一的，“祭”中就包括听取神的旨意，由担当此职责者同时处理政治这是基本原则。但是，一旦政治变得复杂，神经质型的人就很难处理了，特别是同邻近国家发生武装斗争时，集团的首领必须肩负起军事指挥官的职责。因此，集团便开始出现分工，即担负军政职责的人和传达神意的人的分工，实际首长最终肯定会是前者。

如果手腕强硬的人可以成为领袖，那么围绕领袖的宝座将会纷争四起，甚至变得一发不可收拾。《魏志·倭人传》就卑弥呼登场前的邪马台国局势做了如下描述：“其国本亦以男子为王，住七八十年，倭国乱，相攻伐历年，乃共立一女子为王，名曰卑弥呼……”

尚武的人搞政治自然会把武力斗争当回事，所以七八十年间战争绵延不断。想必人民一定是疲惫不堪，这样继续下去肯定是不行的，于是人们将可以传达神意的女性推上了领袖的宝座。如上所述，邪马台国由男王时代跨入了女王时代。笔者认为，这样的演变难道不是又退回到了从前吗？古时候，女性首领曾风光一时。或许是人们因“祭政分离”尝尽了苦头，所以又要求回归从前的“祭政一致”。

男王武斗时代结束之后，卑弥呼成为了女王，她想通过把自己神化来治理国家。因为能够神灵附体，卑弥呼自己也应该是有一定的超凡能力（指神力）的。既然拥有神力，那发挥它的最大效能也再自然不过了。如果结婚出嫁，那么女王将会丧失神秘性。所以，卑弥呼必须保持独身才行。她将具体事务的统治权交给弟弟，自己则几乎不在公众面前现身。不在公众面前现身，应是为了增加神秘性而采取的手段之一。据说她的身边只有侍女，饮食和传话等活动也仅差使一名男性：“自为王以来，少有见者，以婢千人自侍，唯有男子一人给饮食，传辞出入。居处宫室楼观，城栅严设，常有人持兵守卫。”

实际上卑弥呼颇具政治手腕，可以称得上是优秀的女王。从她向魏国遣送使节这件事上，我们可以发现她具有灵敏的政治嗅觉。

卑弥呼死后，邪马台国又恢复了男王统治，但还是战乱不息：“国中不服，更相诛杀，当时杀千余人……”邪马台国又回到了相互杀伐的时代。人们将卑弥呼的宗女13岁的壹（或者是“台”）与立为女王。于是，“国中遂定”。可见，当时的“倭”采取祭政分离体制还有些为时尚早。

以具有“神性”的女性为首领，然后依附其绝对权力，进而实行有实力者操作的政治。普遍认为，这正是适合日本风土的一种做法。卑弥呼与其弟的关系，正如同神宫皇后与武内宿弥的关系，又好似推古天皇与圣德太子的关系，齐明天皇与中大兄皇子的关系。这是白鸟库吉提出的观点。之后，女王和执政者的关系进一步演变，转化为天子（不分男女）与执政者相辅相成的关系。一方面，皇室代代相传，绵延不绝；另一方面，藤原、源平、幕府等执政者轮番出场，在另一个舞台上演着权力交替的大戏。后醍醐天皇曾经谋求天皇亲政，好像是受到宋学影响的结果。而后醍醐天皇的尝试并不成功，因不适合日本的政治气候，还引发了南北朝动乱。

甲骨文的出土证实了中国殷商王朝的真实性。殷商王朝的存续时间为公元前1600年至公元前1028年左右。殷商王朝的统治者主宰着祭祀权和占卜权，并据此维系世袭政权。占卜即是预言，占卜活动由专业人士操作，这些人被称作“贞人”。殷王拥有最先知晓未来吉凶的权力，他根据占卜的结果来决定行动。也就是说，商朝实行的是“神权政治”。

甲骨文出现之前的事情我们还无从知晓。笔者认为，应该是能够对未来进行预言的人充当领袖。在拥有世袭强权之后，他们会把预言的一部分职责交给家臣分担，这样做可以维持国王的绝对权威。一旦出现预言不准的情况，国王可以堂而皇之地推卸责任。

占星术其实也是一种预言。不论东洋西洋，自古以来就有很多人相信占星术。据伊朗的尼扎米讲，并非所有人都可以通晓占星术。只有心灵纯净且在自己的诞生星位上具备“看不见的箭矢”的人才行。如果一个人不具备这样的资质，再怎么努力也是枉然。仅凭这一点，尼扎米就足以受到人们的尊敬。

仰望夜空，繁星点点，人们不禁会联想地上的一切是否在天空中都有所反映。

凝视繁星的人给人一种无所不知、无所不晓的感觉。夜空中的星辰颇具神秘感，通晓星辰之事的人，会自然而然地承接这种神秘感。

9世纪，巴格达学者阿尔·金迪研究亚理士多德的哲学，同时也讲解占星术。不知是何原因，在巴尔夫的法学家中，有一个人十分痛恨阿尔·金迪，企图阴谋暗杀他。此人将短刀偷偷地藏在占星术的书中，来到阿尔·金迪所在之处。他以学习占星知识为由，登门向阿尔·金迪打招呼。阿尔·金迪对他说："你自东方而来，不是来学习占星术的。你来到这里，其实是想杀掉我，这是错误至极的行为。如果你能认真地学习这门学问的话，你将会成为伟大的占星术大师。"

那位法学家被阿尔·金迪深深地折服，他从占星术的书中取出短刀，奋力折成两截，然后向阿尔·金迪道了歉。据说，在场之人无不被阿尔·金迪的预知能力所震惊。这位暗杀阿尔·金迪未遂的人，学习了15年，果然如同阿尔·金迪所说的一样，成为了伟大的占星术大师。

中国明清时期将皇城称为"紫禁城"，是因为天帝居住在天上，他的居所是紫微星。据说天子不测或者王朝发生异变时，首先要观测紫微星是否有异常情况。紫微星又称紫宫。

东汉末年发生了黄巾起义，汉献帝被人从洛阳挟持到长安，又从长安挟持到洛阳。这使得天子权威尽失。兴平二年（195）——献帝威严扫地之年的十一月壬寅日出现了异常天象。据《后汉书》记载："是夜，赤气贯紫宫。"

不祥的红色之气贯穿了天帝居住的紫微宫，这是不详之兆，天上的不祥之兆会在地上有所反映。当时，人们为这次异常天象而感到心惊肉跳。

《三国演义》开头的部分有类似的片段，后半部分又再次出现类似的情节。据《三国演义》讲，诸葛孔明客死五丈原时，有星陨落。这个情节在正史《三国志》中没有记载，而故事书《三国演义》则煞有介事地进行了描写。《三国演义》中说，诸葛亮的宿敌司马懿某日夜观天象，看到赤色芒角星（光芒有角的）自东北流向西南，落入诸葛亮所在的蜀军军营中。这次陨落溅起了两三次光芒，还发出了巨响。因此，司马懿预知"诸葛必死"，欣喜异常。

《三国志》的注中引用了《魏氏春秋》的内容，《魏氏春秋》中也记载司马懿预知了诸葛亮之死。看来《魏氏春秋》中的说法是有一定说服力的。或许是魏国的司马懿拥有可靠的情报网络，已经知道了诸葛孔明身患疾病。蜀国的军事谈判使者说过这样一段话："诸葛公早起晚睡。凡是鞭打二十下以上的刑罚一律亲自过问。而且，只吃一点点东西。"根据这段话，司马懿就预感到诸葛亮已经时日无多了。他说："亮不久将死。"

一个国家的军师，鞭打二十下程度的犯罪都要去亲自过问，还睡眠不足，食欲不振，这说明他一定是过度疲劳了。之前掌握的情况也可见端倪，看来诸葛亮当时的健康状况的确不怎么好。预言诸葛亮将死并不神奇。诸葛亮当时已经54

岁（在当时已属高龄）了，而且身体状况令人堪忧。

《三国演义》还有一段有意思的故事，说赤壁之战时，诸葛亮筑起了七星坛，并于甲子吉日斋戒沐浴，向上天求风。因为赤壁之战的作战计划是火攻，所以必须刮东南风才行。或许诸葛亮具备风向相关的知识，并以此为前提制定了赤壁之战的作战计划。

诸葛亮当时在南屏山筑起了七星坛，坛方圆二十四丈，高九尺。七星坛东西南北四个方位，分别竖起表示七个星座的旗帜，故得名七星坛。四个方位中的每个方位都是七个星座，所以共二十八个星座。这与《史记·天宫书》中记载的“二十八宿”是相吻合的。关于诸葛亮借东风，《三国演义》着墨颇多，其要点可归纳如下：诸葛亮选定良辰吉日，斋戒沐浴，身着道袍，披头散发，赤足登坛，仰天祈祷。果然，天空刮起东南风，火攻计划最终得以成功实施。

正史《三国志》中则没有这样的场景。曹操军队列阵赤壁之时，军中已经开始发生瘟疫。火攻确是事实，但即便没有火攻，曹军恐怕也会撤退。实际上，当时并没有奇迹发生。而《三国演义》则一直以奇迹（孔明七星坛借东风）作为重点。在《三国演义》中，吴国的周瑜想杀掉诸葛亮。据演义讲，这是因为周瑜认为诸葛亮具有超凡能力，如果放掉他就等于纵虎归山，日后恐怕会成为吴国的大患。当时的吴蜀是结盟关系，这样的行为相当于杀掉同盟国的干部。当然，演义必须把情节设计得越精彩越好。

但是，孔明通晓天地造化之法、鬼神不测之术，他早已预知到周瑜意图谋害自己。他在讨伐之人到来之前已经离开七星坛，并顺利回到了安全地带。——故事发展得越来越精彩了。预言者、超凡能力者虽受人尊敬，但也会令人感到恐惧。

自古以来，伪预言者多如繁星，至今仍层出不穷。王莽曾经篡夺西汉的皇位。为了称帝，他采用了预言的手段——当然是他一手炮制的“预言”。从井中发现的白石上，赫然写着王莽称帝的红字。当然，这不过是王莽事先精心安排好的把戏，好像当时的人还深信不疑。

王莽当权的时代，也有人预言天下将会重新回到汉的手中。这位人物名为郅恽，在天文历法上颇有建树。他向已经登上皇位的王莽上书，要求王莽“将夺自上天的东西归还给上天……”郅恽被王莽投入监狱。还有一位占卜者，名为王况。他写了一篇预言书，主要内容如下：“汉家复兴，李氏为辅。”据说该预言书洋洋洒洒多达十余万字。此事发生于公元1世纪初期。假设造纸术是蔡伦发明的话，那么纸张应该出现在公元1世纪末期至2世纪初期，就是说王况应该是用竹简或木简写的预言书。按十万字计算，如果写在一张可容纳四百字的纸上，则需要三百张纸；若写在木简上的话，恐怕得写一牛车木简。

东汉光武帝举兵之际，从一位名叫李通的人那里听说了这个预言。据说，光武帝并不相信这个预言。

一般认为，中国首部预言书出自伏羲（传说中的神）时期。那时，黄河的龙马背上出现了一幅预言性质的图。禹被视为夏王朝的始祖，据说他在治水时从洛水中得一神龟，神龟背上亦有预言性文字。将这两件事综合起来就是“河图洛书”了。

说出来的预言称为“谶”，而写出来的预言则称为“纬”。来路端正的书籍通常被称为“经”——经线。与此相对，预言吉凶、多少有些可疑的就是“纬”——纬线了。

图谶、谶纬等自古以来就给人一种神秘的感觉。说起占卜，人们很容易联想起八卦来，据说八卦就是伏羲根据所得河图绘制出来的。

说起“易”来，其实指的是“易经”，而并非“纬”。《易经》被认为是五经中最为重要的经典，这应该是《易经》包含了儒家伦理性宇宙观的缘故。

太古之人，通常对未知的未来抱有恐惧感。经书也好，纬书也罢，同样都是人们行动的指针。但是，纬书的境遇好像呈现出一路下滑的趋势。纬书是预言之书，一旦预言不准就会丧尽一切权威。不仅如此，统治者们也会将预言视为洪水猛兽。

想推翻现政权，自己当皇帝的野心家或许会模仿王莽，利用预言来兴风作浪。

从时代上讲，中国一直至南北朝时期都很重视图谶方面的书籍。东汉末期，三国乱世拉开帷幕，董卓拥立年幼的献帝，强行将首都由洛阳迁至长安。为了斩断人们对洛阳的念想，董卓捣毁建筑，焚烧宫殿。尽管董卓再三催促，迁都亦是匆忙进行，司徒（宰相）王允还是将宫中所藏的图谶书运到了长安。可见，图谶书有多么重要。

南朝刘宋大明年间（457—464），开始出现查禁图谶的记录，可能统治者担心预言类的书会蛊惑人心。当时的情况是强权压制一切，稍有点风吹草动都会被处以极刑。所以，人民肯定会选择忍气吞声，缄口不言。如果在这个王朝濒临灭亡之际出现预言书，相信饱受压迫的人们一定会一呼百应，群起而攻之。

南朝刘宋大明六年（462），倭王兴获得南朝刘宋政权的封赏——赐号“安东将军”。倭王兴是倭五王中的第四代王。大概在这个时期，扬州建起了大明寺。大约三百年之后，鉴真和尚成为这座寺庙的住持。其后，鉴真和尚受日本留学僧的邀请赴日弘法。清代，这座寺庙改名为“法净寺”。大明寺之名来源于建寺时间，因该寺建于大明年间而得名。在清朝当权者看来，“大明寺”很容易让人联想起前朝——大明，所以还是改名为妙。1980年，以鉴真像荣归故里为契机，法净寺再度恢复了以前的名字大明寺。

再回到之前的话题。南朝梁时期，图谶之禁被解除了。南朝梁武帝统治时期没有实行恐怖统治，这在南朝中是相当罕见的。所以，那个时期也不用担心预言会威胁统治。梁武帝还是一位热心的佛教徒，据说他曾问法达摩祖师。达摩祖师自天竺渡海而来，是著名的佛教大师。或许梁武帝从图谶书上学到了哲学思想，所以才会如此宽容的吧。

图谶再度被禁大约是到了隋文帝（581—604年在位）统治时期了。关于隋文帝，史书上也有一段神奇的记载。据说，隋文帝出生时出现了紫气满庭的祥兆。当时的诏书上也说他“承天命时，赤雀降祥”。

隋文帝是统一中国的明君。隋文帝时期，政治开明，人称“开皇之治”。“开皇之治”的得名与隋文帝所用的年号

“开皇”有关。但是，隋文帝猜疑心比较重，很多高官因此命丧黄泉。隋文帝本是北周大臣，他的皇位是接受“禅让”而来的。鉴于这种情况，隋文帝当然会处心积虑地巩固皇权了。所以，预言书之类的东西当然也会遭到封禁。

开皇十三年二月，隋朝颁布命令：“私家不得藏纬候图谶。”这个命令好像只是禁止民间私藏预言书，并未说国家等不可以收藏。

隋文帝的继承者是隋炀帝，炀帝爱好读书著述，故网罗天下之书。通过赏金征集而来的书籍达三十七万卷，收藏于长安的嘉泽殿。其后，又择其中善本三万七千卷藏于洛阳修文殿。这些善本还分别复制了五十份。炀帝广收天下图书其实也有网罗图谶类书籍的目的。这些图谶类书籍最终被付之一炬。如果有违抗命令擅自私藏图谶书或者讲说图谶书者，将会被处死。据说，中国的预言书基本都是这时候亡佚的。

具有预言能力的人伴随在当政者——皇帝、宰相等人的身边，为他们出谋划策，预卜吉凶。这样的故事在中国也有不少，诸葛亮和刘备好像就是这种关系。后世认为汉代的张良与高祖刘邦、明代的刘基与太祖朱元璋也属于类似情况。诸葛亮是其中名气最大的。

《三国演义》演绎的精彩故事是令诸葛亮家喻户晓的原

因之一。此外，诸葛亮还是一位悲情英雄，他最终未能实现平生夙愿，客死五丈原。相信这个悲剧性的结局也博得了很多人的同情。张良和刘基也是中国人所喜闻乐见的人物，他们都是开国元勋，在主君一统天下之后，都选择了收敛锋芒，急流勇退。在这一点上，他们获得了中国人的广泛好感。

如前所述，中国的预言书基本上在隋朝时亡佚殆尽了，但其后又出现了不少有关预言书的传说。人们都相信，最为有名的预言书是刘基所著的。刘基字伯温，所以人们将他的语言称为“伯温谶”。据说，他一边烤着烧饼一边向朱元璋预测着未来，所以他写的预言书又有“烧饼歌”之称。

流传至今的“烧饼歌”似乎是后人的假托之作。据说，现存最古老的“烧饼歌”册子中，有跋文可以证明这一点。该册子的跋中写有“清末英军攻击广州时，发现于总督祖庙房檐中”（大意）的字样。

这部书甚至还预言了李自成农民起义，李自成在大明王朝建立二百多年后推翻了大明王朝，这着实让人生疑。

“木下一了头。目上一刀一戊丁。”“木”字下面有“一”和“了”字，那不就是“李”字吗？在其他的预言书里又称“李”为“十八子”。所谓的“目上一刀”就是“自”字。而“戊”和“丁”可以构成“成”字。既然能够预言到如此程度，为什么当时不直接写“李自成”呢？我觉得这种故弄玄虚反而露出了马脚。

中国是文字王国，像这种拆字造隐语的情况有很多。

清末的时候，出现了很多秘密结社。其中有个比较大的组织叫作“洪门”。他们在称“洪”字时，使用自己的行话：“三八廿一。”

“三”是指“三点水”，“廿一”的下面加上“八”正是“洪”字。某秘密结社入会时，在出示的姓名旁边按惯例要加上“木立斗世”四个字。“木”字可以拆解为“十八”，“立”字可以拆解为“六一”，“世”可以认为是两个“卅”的叠加，是“六十”的意思。这些都是清代皇帝的在位时间：顺治皇帝在位十八年，康熙皇帝在位六十一年。雍正皇帝实际上在位十三年，不知道他们为什么用“斗”来表示。据说，这几个字的含义是，清朝就此完蛋了，我等将其推翻……

“烧饼歌”在过去竟然使用了这种文字游戏，显然是伪造无疑了。

桃李章

隋朝末年，出现了名为《桃李章》的民谣。据《隋书》记载，该民谣如下：

桃李子
鸿鹄绕阳山
宛转花林里
勿浪语
谁道许

而《旧唐书》中则略有不同，记为：

桃李子
洪水绕杨山

这个民谣被认为是预言。

众所周知，隋朝的皇室姓杨。据说，隋朝的创始者文帝做了一个梦，梦见国都洛阳被洪水淹没，故文帝将首都迁往大兴（长安）。可见，文帝是多么地忌惮洪水。实际上，这个民谣更多地被人们理解为隋王朝将会被“桃李子”取代。

因为是一首民谣，所以就渐渐传唱开来了，不过也有可能是谁想出来的计策，故意使之广为流传。

当时有个奇怪的方士名叫安伽陁，他向隋炀帝上书，说这个民谣是在预言李氏将成为天子，所以应该杀尽天下所有姓李的人。

李姓在中国是个大姓，姓李的人极多，当时应有几百万人吧，是不可能赶尽杀绝的。隋炀帝再有能耐，一旦这么做，天下定会大乱。

开国元勋李穆之子李浑位居右骁骑大将军，显赫一时。隋炀帝对这门李氏的强盛十分忌惮，耿耿于怀。而且，李浑的外甥李敏乳名为“洪儿”，预言民谣《桃李章》中出现了洪水的字样，这对隋王朝来说是不吉利的。故事的结局有些血腥，隋炀帝将李浑、李敏宗族三十二口统统诛杀了。

当然，这个故事还有其他的解释。也有人说，其实一开始炀帝就想灭掉李氏一族，为了寻找机会，他利用了《桃李章》这个民谣。然后，故意指使方士安某上了如此残暴的进言。

这是一个可怕的故事。因为当时的人们相信图谶，所以这样的借口也成了炀帝滥杀的由头。

当时还有一位李姓之人不得不提。他叫李密，与李浑并非同一个家族。李密出身名门，因曾经担任宿卫官而伴随隋炀帝的左右。但是，隋炀帝以其目光凶恶为由将李密解职了。大业九年（613），杨玄感起兵谋反，李密即是他的参谋。这次谋反不久就被镇压了，杨玄感身死，李密被捕。后来，李密在押解的途中逃脱了。

一位名叫李玄英的人遇见了逃亡途中的李密，他教唆道："桃李子就是你呀！""桃"与"逃"谐音。逃亡中的李，可以解释为逃亡中的李密。据说李密自年轻时就是一位气宇轩昂的人物，他听后有些动心了。

李姓还有其他名门望族，那就是山西太原的李渊。李渊的母亲是隋文帝皇后的姐姐。也就是说隋炀帝是李渊的母系亲属，相当于表兄弟关系。一个名叫夏侯端的男子对李渊说："李浑、李敏全族已经被杀，下一个就轮到你了！"这是在逼迫李渊尽快做出决定。夏侯端因给人相面而闻名，就是这样的一位人物看中了李渊。另外，一个叫许世绪的人也敦促李渊早做决断。他劝说道："公姓在图谶，名应歌谣。"夏侯端打出的仍然是《桃李章》这张牌。

该预言明确说下一个天子姓李，且歌谣中还出现了"洪水"二字。从汉字角度看，不能说"洪水"和"渊"是没有瓜葛的。

图谶——预言实际上对那个时代的人来说至关重要，甚至远远地超乎了我们的想象。

隋朝末年，反叛此起彼伏。隋炀帝在扬州被杀前后，有很多人擅自称王、称帝。隋炀帝死于宇文化及之手，宇文化及曾自称皇帝，定国号为"许"，年号"天寿"。

宇文化及也是名门出身，他的弟弟宇文士及娶了隋炀帝的女儿为妻。"许"是河南的地名，以"许"为国号也与《桃李章》中的预言相合。

"谁道许？"这句话中就出现了"许"字，但意思其实是"那不是真的"。

宇文化及肯定听说过《桃李章》。他为何将国号定为"许"呢？通过李浑、李敏全族被杀这个事情可知，《桃李章》应该是真实存在的。尽管《桃李章》可能是隋炀帝的阴谋，但至少"桃李子"这句话应该当时就已经出现了。或许，“谁道许”这句是宇文化及的许国灭亡后才加上去的。

隋炀帝当时不想从南方江都（扬州）的行宫回去。这其中既有北方局势已乱的原因，也有他本人喜欢南方的缘故。渴望北归的廷臣和将士向宇文化及进谏，于是宇文化及杀掉了隋炀帝。宇文化及本无大志，他自称许国皇帝的第二年（619）即为窦建德军所败。宇文化及兵败被擒，后被斩杀。这正应了《桃李章》中的那句“谁道许”，“许”果然微不足道。

如前所述，隋文帝因梦到洪水而自洛阳迁都至长安。虽说迁都长安，但这个长安与前汉以来的那个长安并非一处。隋文帝所迁之地位于原长安城东南的“唐兴村”，是以该村为中心重新建造的新国都。李渊自祖父那代起开始世袭唐国公爵位，因此当他开辟了一个新的王朝后，自然将国号定为“唐”。隋朝的新国都建造在名为“唐兴”（唐朝兴起）的村子之上，这在当时也被视为预言应验了。

被视为预言的民谣中如果仅仅出现“李”还好理解，但实际上是“桃李”二字，这多出来的一字也正是有特色之处。

将桃和李两种植物放在一起可谓一种习惯。在距离那个时代大概七百年前，司马迁在《史记》中就写了一句名言：“桃李不言，下自成蹊。”这句话写得非常美，所以常被人们引用。《史记》之前，《诗经》中也有一句“华如桃李。”《礼记》中也有关于桃李的句子：“食枣桃李，弗致于核。”意思是食用枣、桃、李等时，不必连核都吃掉。

被隋文帝灭掉的南朝陈后主陈叔宝也有相关佳句存世：“三春桃照李，二月柳争梅。”

《三国志》中出现的曹操，相信对大家来说是一位耳熟能详的人物了，他的儿子曹植是一位著名的诗人。曹植的“南国有佳人，容华如桃李”广为人们传颂。

李也偶有与其他植物并称的时候，但并不多见。查《佩文韵府》可知，仅有“枣李”“瓜李”“梅李”几例。这些组合都称不上是惯用的搭配形式。

桃和李可谓是兄弟情深了。如果预言中只有一个“李”，则难免有些突兀，最自然的做法莫过于以兄长衬托弟弟，使桃李相和，相得益彰。作为民谣来讲，这样的处理也会更加朗朗上口。

有一本题为《桃李剑叙》的古籍，现藏于大英博物馆，编号为OR.2339，笔者曾在小说中引用过该书的内容。我感觉类似的传说还有很多，这部书可以视为中国福建地区流传的名剑传说之一。

清代，反清斗争以南方为甚。郑成功曾经誓死抵抗清政权，他占据福建厦门、金门等地，进而一举收复了台湾。此后，台湾成了郑成功抵抗清朝的根据地。相信任何人都会憧憬拥有万能的武器，因为那种摧枯拉朽般的力量着实令人着迷："能千变万化，空中飞腾，千里之外取人首级。"

根据书中所言，不管相隔有多么遥远，桃李剑都可以自行飞去，割下敌人的首级。如果桃李剑真那么无敌，直接飞到北京，到紫禁城中取下大清皇帝的首级就万事大吉了。实际上，在故事里它也是飞不到的。桃李剑虽然是虚构的兵器，但也得以与现实相仿的世界为背景，也就是说，必须设定一定的限制才行。"讲谈[1]"中的忍者亦是如此。猿飞佐助号称无所不能，但他却取不了老狐狸德川家康的首级。即使将超凡能力者放入历史之中，他们也不能扭转历史的走向。如果假定大清皇帝的首级和德川家康的首级都被取下了，那反而会降低故事的说服力。

那么，万能的桃李剑是如何诞生的呢？情况大体如下：福建厦门住着一位美丽的夫人和她的妹妹。夫人的丈夫是水军提督，他接到命令后出征湖南，夫人和她的妹妹留守家

1　日本大众说唱艺术的一种。

中，盼望着丈夫归来。这时，出现了一个被少林寺逐出山门的恶僧，他企图强占姐妹二人。夫人及妹妹都是贞洁烈女，自然是宁死不从了。为了保住贞节，她们选择了投水自尽。

住在岸边的渔夫父子发现了二人的尸体，他们庄重地将姐妹二人安葬好，并为其修建了墓冢。于是，墓冢旁边生出了桃树、李树。桃树和李树长成了参天大树，树木覆盖周围八尺之地。桃树、李树结出的果实不仅数目繁多，还异常美味可口。巨树生出的果实像铃铛一样，渔夫父子靠卖桃李挣了很多钱财。

这个传说的模式大概是死者因怨恨不能瞑目，她们的灵魂得到安息后成佛，然后报答施恩之人。故事中渔夫父子卖桃李成为富翁就是表现之一。

但是，这个故事到这里还没有讲完。某日，狂风大作，这棵参天大树在狂风中折断了，折断后的大树中露出一把宝剑。那时，少林寺是抗清的大本营，清廷派兵袭击并焚毁了少林寺。其中，有五位反清的僧人从浩劫中逃脱，来到了厦门的大普庵。这五位僧人一致决定秘密从事地下反清活动。前述渔夫父子将桃李剑献给了五位僧人，并加入到反清运动之中。

二位丽人的在天之灵，不仅对恩人进行物质上的补偿，使他们成为富人，还将他们进一步提升至抗清英雄的高度。渔夫父子手中有可以空中飞腾、取敌人首级于千里之外的桃李剑，与他们为敌之人一个接一个地倒在了他们的剑下。

如果这个故事以恩人成为富豪结局，则不免落入俗套。若保佑他们官运亨通，或成为一人之下万人之上的宰相，又会如何呢？我觉得这样的设计也会让读者觉得平淡无奇。

成为反抗运动的英雄这个情节设计，应该不是随意而为之的。在当时福建抗清情绪高涨的背景下，想必这个情节也就自然地应运而生了。这个故事未详细标明年代，但应是清初时期的作品无疑。故事中的“桃李”道理上应该是桃树、李树两棵树，从中露出的宝剑也应该是桃剑、李剑两把神剑，但书中并没有叙述得那么清楚。书中只笼统地称为“桃李之剑”，这可能是为了强调“桃”和“李”是密不可分的，读者也肯定是将“桃李剑”作为一个整体来加以理解的。

书中出现的渔夫父子卖桃李成为富翁其实并非纯属虚构。《世说新语》是一本历史记述性较强的古籍，并非传说故事类书籍。该书中就记载了一个大臣的故事，此人就是通过售卖李子而存下了数量可观的财产的，但他并不是赚了很多钱才当上大臣的，而是当了大臣才赚的钱。

故事的主人公是“竹林七贤”之一王戎（234—305）。王戎出身于琅琊王氏一族。琅琊王氏是西晋顶级的名门望族，书圣王羲之就出身于这个家族。王戎本人被列入“竹林七贤”，他应该也是一位超凡脱俗之人。但是，王戎本人的行为好像有些让人大跌眼镜。

王戎家的李子树并不是普通的李子树，这棵树结出的果实美味至极，因此卖出的价格比普通李子要高出好几倍。如果将这么优良的李子培植一下，或许能种出品质相近的李子树来。据说也有人那样尝试过，但是从王戎处买来的李子，无论怎样栽培都不会发芽。这其中一定是有原因的，据说是因为王戎用细锥子在果核上扎了小孔。

王戎是大地主，他家的田地望都望不到边，仅是田地的收入便会相当可观。尽管如此，他竟然会在自家的李子树上下功夫。

说起“竹林七贤”，他们都是因“脱俗”或“愤世嫉俗”而知名的人物。他们反抗形式上的礼教，以获得老庄式的自由来标榜自己。他们主张随心所欲，以自己所想所欲为出发点，十分厌恶被束缚于既成框架。例如，七贤中的阮籍，喜欢纵酒游乐，甚至数日不归。真不知道在李子核上钻孔的王戎，是如何入选“竹林七贤”的。

但凡被奉为“贤”之人，大都热衷于虚无的“清淡”，以琴酒为乐。据鲁迅所言，魏晋的文人多服用一种名为“五石散”的药物。不知他们是想通过“五石散”让情绪高涨，还是想让情绪消沉。总之，脱离正常的状态就好。

简而言之，他们不在意世间的诱惑，做自己想做的。老庄式的自由就是这样，就是要无视儒家的礼教。不单单无视礼教，甚至还无视世间的常识。如果这样考虑，那么王戎在李子核上钻孔确实是违反世间常识的行为。

王戎的父亲叫做王浑，是一位颇具名望之人。王浑死后，香奠钱据说达到了数百万金，而王戎居然一文钱也没要。你不禁会怀疑，这真的是在李子上钻孔之人所干出来的事儿吗？千真万确，这正是王戎所为——无视常识，干自己想干的。从这点来看，二者似乎也并不矛盾。

如果豪饮而死被人们理解为超俗、脱俗的话，那因热衷于攒钱，最后因此搞垮身体而不治身亡又是什么行为呢？这两种行为应该不属于同一类，它们只是在“任性地活着”这点上相同而已。据说，王戎为了处理财产文书、证明，终日忙得不可开交。他每日算盘不离手，还熬夜工作，所以严重地损害了身体的健康。

中国人相信桃中含有神奇的力量，即驱邪除魔的力量。

也有观点认为，“桃”与“刀”谐音，是取“以刀切除厄运”之意。还有说法认为，“桃”与“逃”发音相同，是取“逃脱厄运、逃离灾难”之意。除了谐音说之外，还有其他的说法。例如，桃子的形状无比的好，甚至还被称为“仙桃”。因此，人们相信“仙桃”——桃能够辟邪。我个人感觉，仙桃说比谐音说更有说服力。

桃木经常被制成各种驱邪工具。比如说，制作“符”就必须用桃木。因此，符又有“桃符”之称。桃符有点类似门牌，在桃木片上写上辟邪驱邪的文字，悬于门上。据说，这就是中国楹联的起源。

自古以来中国就有在三月上巳（第一个巳日）祓禊的习惯。祓禊是为了消除污秽，躲避灾厄。据说，汉高祖刘邦的妻子吕后就是因为上巳祓禊而感冒并因此身亡的。

“三月桃花水下之时，郑国之俗，三月上巳，于此水招魂续魄，祓除不祥。”这些文字见于《太平御览》的引语，据说原出自韩诗章句。通过祓禊拂除灾厄要在“桃花水下之时”，句中特别强调了“桃”。我们可以感觉到，“桃”在祓禊活动中扮演着重要角色。

魏晋以后，上巳日仪式固定在农历三月初三举行，端午仪式固定在五月初五举行。

三月祓除不祥的仪式作为传统节日之一传至日本，并被称为“桃之节”。“桃之节”并不是桃花盛开时举行节日之意。这个节日的命名与“桃”的灵力有关。人们想在这一天通过“桃”的力量驱除各种邪气，所以叫“桃之节”。弓是祓除灾祸时所用的道具，很可能也是由桃木制成的。人们通常认为，不是桃木制成的东西就没有“灵力”。

陶渊明有一首诗名为《桃花源诗》。据说，诗中所描绘的乌托邦位于今湖南省武陵，现在的桃源县据说就是诗中所提之处。据说，秦代时，为了躲避战乱，该村的祖先几经辗转来到了这里。秦亡后，中国又相继经历了魏晋时代，但村中人竟对此一无所知。这个乌托邦远离凡尘俗世，重点是该村的四周为桃林所环绕。也许正是桃的神奇力量使得村子百邪不侵，长期维持了祥和宁静的生活。

天界或者说仙界的水果也必须是桃。有个传说讲的是汉武帝拜访西王母，此事虽不是史实，却载于《武帝内传》中。传说武帝晚年梦想成仙，并因此拜访传说中的神仙西王母。西王母的侍女在玉盘中盛放了七个桃子，西王母将其中的四个送给了武帝，剩下三个自己吃了。据说因为桃子太过美味，武帝想把桃核带回去种植。西王母告诉他，此桃三千年一结果，中夏土地贫瘠，种下种子恐怕也活不了。

《西游记》的作者受到《武帝内传》的启发，创作了那段广为人知的“孙悟空大闹蟠桃园”的故事——孙悟空将西王母心爱的蟠桃吃得满地都是，并因此逃出天界。不过，《西游记》中的蟠桃并非西方之物，而是出自东海度索山上。经过三千年，桃树长成了蟠曲（盘根错节）的大桃树。现在，中国新疆有一种扁桃，据说就是孙悟空所吃的蟠桃。这种桃子外观并不怎么美观，但确实好吃。有人根据桃的形状而将其称为“扁桃”，我感觉这可能是发音出现了讹音。

金山寺

江苏省镇江市别称江口，沿长江逆行进入南京一侧就是镇江，镇江因作为出入京师的水陆交通要冲而得名。当年日本的遣唐使，就是从镇江到达对岸，经运河北上前往西安的。

镇江的对岸属于扬州的一部分，名为扬子。因该地有自南岸前往北岸的渡口，故又称“扬子渡”。外地人至此指着长江问：“这条河是什么河？”本地人会回答：“扬子江。”这一带的人自古以来就这样称呼长江，外地人也正是因此才知道长江又名扬子江的。

马可·波罗在其著作《东方见闻录》中，对镇江有过介绍。他说镇江有两座基督教聂斯托利派的教堂，这些教堂建于1278年，建造者是该教派信徒马尔·萨尔奇斯（Mar Sarkis），他奉忽必烈汗之命担任过此地的总督。在担任此地总督时，马尔·萨尔奇斯主持修建了基督教堂。

据成书于元至顺年间（1330—1332）的《镇江志》记载：“镇江府路总管府马薛里吉思，也里可温人，任虎符怀远大将军至至元十五年（1278）正月二十五日。八月一日，再降金牌改封明威将军，授副达鲁花赤。”

马可·波罗的记述证实了这一点。“马薛里吉思”肯定就是马尔·萨尔奇斯无疑了。马尔只是他的称号，他的本名是萨尔奇斯，他的故乡好像是中亚的撒马尔罕。《镇江志》中出现的“也里可温”在元代时是对基督徒的总称。这个“也里可温”肯定是用汉字标记出来的某种语言的语音，至于究竟源于哪种语言，目前尚无定论，有叙利亚语说、希腊语说、土耳其语说、蒙古语说、阿拉伯语说等诸多说法。

唐代基督教聂斯托利派又被称为“景教”。“景教”曾一度广为人知，其在长安的教堂又被称为“大秦寺”。在中国，“大秦”是对罗马的称呼。后来，唐武宗对景教进行了镇压，“景教”再也没有在中国恢复生机。

唐武宗实际上对道教以外的所有宗教都进行了镇压，当时最大的宗教是佛教，所以他的政策又称为“废佛令”。当然，被废掉的肯定不只是佛教。佛教可谓根深蒂固，武宗死后马上又恢复了生气。而在中国信徒较少、社会根基尚浅的基督教聂斯托利派则因此遭到了毁灭性的打击。

唐武宗会昌五年（845）七月，根据道士赵归真的建议，唐政府进行了暴风骤雨般的宗教打压行动。在这样的轩然大波之中，佛教因为船大桅高挺过了风浪。而景教则宛若一叶小舟，倾覆于狂澜之中。

据说，当时被迫还俗的僧尼达到二十六万零五百人之多。此外，还有“大秦穆护祆僧二千余人”，这句话指的是基督教聂斯托利派、摩尼教、琐罗亚斯德教等教派的人数。

虽说是宣称“废佛”，但当时长安和洛阳分别保留了四座寺院。与玄奘有关的慈恩寺、空海曾游学的西明寺等名刹幸免于难。

当时，毁掉寺庙后所得的材料主要用于修复太庙。但武宗于次年三月驾崩，可以想象，当时的破坏并不彻底。武宗死时年仅三十三岁，而煽动灭教的赵归真其后不久就被杖杀。但是，武宗死后唐政府也没有立刻解禁其他宗教。根据“废佛令”，唐政府没收了寺院占有的良田数千万顷，奴婢十五万人。这些没收的财产和奴婢也不可能马上返还给寺院。除了上述的长安四寺等寺院外，另有十六座寺院获批重建。

从“废佛令”颁布到武宗离世，不过短短半年时间。大批寺院被拆除，建筑材料都用于太庙、官署、驿站等处，梵钟、金铜佛像等用于铸造钱币。

当时颁布的敕书对佛教以外的其他各种宗教也进行了处置："其人并勒还俗，递归本贯充税户。如外国人，送收本处收管。"可见，所谓"会昌法难"[1]是有一定经济原因的。在此之前，佛教及其他宗教的僧职人员拥有免税的特权，"充税户"即是剥夺了他们这项特权；敕书还命令驱除外国人。

这一条目是否真正实施了，还不得而知。办事人员总喜欢从反抗不强的事情下手，这或许也是"其他宗教"受到惨痛打击的原因。景教的上层人物应该多是外国人。信徒中外国人也会占有相当大的比例。不管怎么说，此后的一段时间里景教在中国的记载中销声匿迹了。经过一段空档期后，到了世界帝国——元代时，基督教又再度回到中国。

从唐末至宋，基督教在中国基本上没有留下任何痕迹。但在中国周边的其他民族中，好像还有不少信奉基督教的。蒙古族中也有信奉基督教的，其中克烈部中信者最多。这些情况可以通过墓碑得到证明，而克烈部也是成吉思汗家族的

1　指唐武宗在会昌年间发起的"废佛"运动。

通婚对象之一。

马可·波罗的父亲尼科洛、叔叔马泰奥初见忽必烈汗时，曾被要求带领百名贤者前来，这些贤者应该通晓基督教经典、精于七艺。与其说成吉思汗家族宽容基督教，莫不如说对其抱有极度的善意。

成吉思汗家族及蒙古族所认识的基督教应该就是聂斯托利派。元代有很多聂斯托利派的信徒，皇族中有，手握重权的外戚中亦有，派往各地担任要职的官僚中也有，例如马尔·萨尔奇斯。

《镇江志》中就记述了这样一段故事。马尔·萨尔奇斯某夜做了一个梦，梦见天门打开了七重，出现了两位“神人”。“神人”告诉他，应该兴建七所寺庙（教堂）。因此，他“辞掉官职，专务建寺之事”。

首先，他把位于夹道巷的私宅捐献了出来，改建为“大兴国寺”。他又相继建成了云山寺、聚明寺、四渎安寺、高安寺、甘泉寺、大普兴寺，加起来正好是七座寺庙。当时的基督教堂也被称为“寺”，如需特别加以区分的话就说“十字寺”。

其中，只有大普兴寺建于杭州的荐桥门，其他寺庙均位于镇江府。丞相完泽奏闻此事，将其行为定义为“忠君爱国”，特赏赐江南官田三十顷，民田三十四顷，用于维持七座寺庙的运营。

马可·波罗在《东方见闻录》“金萨伊”（杭州）一项中有如下记述：“教堂仅一座，属聂斯托利派基督徒之物。”该记载与中国文献记载的内容相吻合。

马可·波罗认为镇江只有两座教堂，而实际上镇江有六座才对。或许是教堂位于郊外，马可·波罗并没有见到。而且，大兴国寺与甘泉寺、云山寺与聚明寺都是相连的建筑，马可·波罗将四座教堂认作两座也是可以理解的。

马尔·萨尔奇斯在镇江任职始于1278年，前后共五年时间。马可·波罗认为马尔·萨尔奇斯是在赴任之年开始建教堂的。而《镇江志》记载的情况则有所不同。据载，大兴国寺建于至元十八年（1281）。马可·波罗到达忽必烈汗朝廷的时间为1274年（也有人认为是1275年）。他从泉州扬帆返航的时间为1290年年末。因此，镇江和杭州建立教堂时正是马可·波罗居留中国这段时间。

马尔·萨尔奇斯忘记了自己原本的使命，醉心于建立基督教教堂。他过于投入，所以好像有些不顾一切。如果只是建教堂倒也罢了，问题是他挪用了其他寺院所有的土地。

基督教教堂云山寺和聚明寺好像原本是属于金山寺的财

产。金山寺是通用的称呼，该寺本名龙游寺，旧称泽心寺，清代又改称江天寺。据说金山寺始建于晋明帝（322—325年在位）时期，是一座颇有来历的名刹。是在寺庙领域内建了基督教堂，还是将寺庙的建筑物直接改为教堂，文献上的记载有些模棱两可。

忽必烈时代绝不是佛教一蹶不振的时代，当时大部分蒙古族人都是佛教徒，向这样一座颇有来头的佛教寺院里塞入基督教应该并不容易。可以想象，最初就会纠纷不断。马尔·萨尔奇身为地方官，手中拥有大权，相信他是完全有能力办成这件事的。但即使办成了，也不代表没有抵抗。忽必烈死后元成宗即位，成宗死后元武宗即位。武宗至大二年（1309），受皇帝之命，一位名叫应深的和尚当上了金山寺的住持。

《镇江志》中记载："兼畀马薛里吉思所据银山东西二院。"这条记载提到的是银山而非金山。而"银山东西二院"指的是马薛里吉思占据的地方，即作为教堂的地方。将马薛里吉思所占之处赐给僧人应深就意味着废除教堂无疑。

此时距马可·波罗离开中国已近20年，距马尔·萨尔奇斯告别镇江也已经近30年了。不知道马尔·萨尔奇斯当时是否尚在人世，但可以看出，他已经无力保护镇江的教堂了。

或者说，来自佛教界的反击更加强烈了。

武宗至大四年（1311），曾为“十字寺”的云山寺、聚明寺改为金山寺下院，又称般若院。这一年也是仁宗继位之年，仁宗是一位笃信佛教的皇帝，但破坏基督教教堂的行动早在武宗时代就已经开始了，只是恰好在仁宗继位这一年落实了而已。

赵孟頫（1254—1322）字子昂，号松雪道人、鸥波道人，精于诗文书画，是宋朝的宗室（广义上的皇族）。南宋灭亡后，他隐居于家乡。至元二十三年（1286），受世祖忽必烈的召见，赵孟頫入京，先后侍奉世祖、成宗、武宗、仁宗、英宗五代皇帝。

在中国绘画领域，元末出现了著名的四大家，可谓中国画的一个黄金时代。赵孟頫起到了先驱的作用，是一位了不起的艺术家。赵孟頫之妻管道升在书画方面也很有造诣。赵孟頫人品优良，颇具风采，受到了元朝五位皇帝的信任，但史家对他的评价并不高。史家认为他身为宋朝宗室，却为灭宋的元朝所用，显然节操有问题。

在金山寺与基督教教堂的纠纷中，赵孟頫登场了。

金山寺一方拿回了原本属于自己的土地——上述东西二院。但东西二院毕竟曾经改建为基督教教堂，对方也不会轻易善罢甘休，毕竟元朝的后宫中有很多女性信奉基督教，甚至说不定哪天还会出现一个信奉基督教的皇帝。即便不出现信基督教的皇帝，也有可能出现对基督教抱有好感的皇帝。只要出现这样的皇帝，情况就会对基督徒（借用元代的说法就是也里可温）一方有利，他们也完全有可能再度夺回东西二院。

金山寺为了将所有权固定成铁一般的事实，考虑将朝廷的决定刻成石碑。元仁宗采纳了金山寺的意见，命令赵孟頫撰写碑文。

赵孟頫撰写的《金山般若院碑记》收录于《镇江志》之中，但此碑现在已经不知所踪了。其实，中国有好多碑都是这种情况，原碑虽然散佚，碑文却可以在地方志或其他文献中找到。

空海的师父是青龙寺的惠果，惠果逝世于唐永贞元年（805），其墓碑碑文为空海所撰。惠果的墓碑至今尚未发现，其墓碑在西安近郊出土的可能性比较大。惠果墓碑的碑文收录于空海的《性灵集》之中。所以，即便是找不到墓碑我们也可以一睹碑文内容。

金山寺将收回的建筑改成了般若院。虽说是改头换面了，但也不过是稍加调整而已，如将基督教的十字架等拆掉。建筑本身好像不需要进行大规模的整改。马尔·萨尔奇斯原本也是将佛教建筑直接改造成基督教教堂的。

赵孟頫的碑文以“皇帝登基岁，五月甲申，玺书诞降”开篇，他先阐述了该碑乃是“诏敕”之物，具有绝对的约束力。“诏敕”的主要内容为：“也里可温擅将金山之地作十字寺。现毁拆其十字寺，命前白塔寺画塑工刘高前往，改作寺殿、屋壁、佛菩萨、天龙画像……”

碑文还明确记载了改建所需费用由官府提供并返给金山寺等内容。“也里可温子子孙孙勿争。争者以重罪论。”这条碑文等于将金山寺收回东西二院之事盖棺定论了。

从这条碑文也可以看出，金山寺方面是多么担心也里可温的后代前来争执。“特奉玉旨”“永以为金山寺下院”这样的措辞亦是如此，他们对未来争执的防范近乎于执拗。

碑文的结尾写道：“臣赵孟頫受命为文，立碑金山。传示无极。”将这个事件看成对基督教的打压也不为过。马尔·萨尔奇斯仰仗权势占据了几座佛寺，并由此引发了纠纷。上述碑文可以视为对这场纷争的一个判决。

所谓的金山实际上曾是扬子江中的一个岛。之所以说“曾是”，是因为它已与河岸连为一体了。现在的金山应该算是一个半岛。清代的《读史方舆纪要》是这样形容金山的："在府西北七里大江中，风涛环绕，势欲飞动。"因金山四面环水，所以又名浮玉山。

中国有时将岛屿称为"山"，将舟山群岛称为"舟山"即是一例，台湾将大陆称为"唐山"也是如此。这种习惯绝不限于文章体，日常的口语就这么用。

长江流经此处开始变窄，这里好像很容易造成泥沙淤积。前述《读史方舆纪要》也提到，唐初（7世纪前半叶）江面宽四十里，到了开元年间（713—741）变为江宽二十五里，到了宋绍兴年间（1131—1162）仅余十八里。而到了明中叶，江面进一步变狭，大概只有七八里的样子。中国的"一里"相当于500米左右，换算成现代计量单位是江宽4千米左右。也就是说，唐初此地江面曾宽达20千米。河面变窄就意味着两岸的"洲渚"变宽，两岸的泥沙不断淤积，最终与江中的岛屿连为一体。

金山还有一个名字"获苻山"。南北朝时期，前秦皇帝苻坚的大军大败，东晋在此岛附近举行了"献俘"仪式。"献俘"就是接受俘虏投降，这个仪式显然具有庆贺军事胜利的意味，因为敌方的皇帝姓苻，所以此山得名"获苻山"。

前秦的苻坚是氐族人，氐族属于藏族体系的部族。所以金山又得名“氐父山”。

苻坚的南征军是一支庞大的军队，据说有骑兵27万人，步兵60余万人。东晋将军谢玄于淝水大破苻坚军队。淝水是淮河的支流，在更北一点的地方。那时东晋的主力是北府军团，据说有8万人左右。北府军团的基地正位于镇江，故选择在此举行庆祝仪式也是合情合理的。顺便提一下，淝水之战发生于公元383年。

苻坚本人虽是氐族人，但他的军队构成却不单一。苻坚的南征军可谓北方各民族的联军，有鲜卑族系的慕容部、拓跋部、乞伏部，甚至还包括羌族等部族。这样的军队在一个强有力的领导的指挥下可以拧成一股绳，但万一指挥失灵，联军则会瞬间土崩瓦解。淝水之战正是这样一个典型的案例。前秦拥有将近百万大军，在这场大败以后军队彻底分崩离析了。

东晋一方只靠区区8万兵力就防住了前秦的大军。这是因为前秦军队虽然人数众多，但其实是一盘散沙。

马尔·萨尔奇斯建立基督教堂之地应该不是在这个金山而是位于金山寺寺院领属的银山之上，一般又称“土山”或“竖土山”。元皇庆二年（1313），该地奉旨修建银山寺，与金山遥相呼应。从年代上来看，该寺很可能是以赵孟頫题写碑文的般若院为基础兴建而成的。如果是这样的话，那么金山就是银山的“地主”。那么，文献中所提的“金山之地”就并非指金山本身，而是指金山寺领地了。如此说来，马尔·萨尔奇斯在此建立教堂说不定是有意与金山寺对抗。马尔·萨尔奇斯离去之后，胜负已然明了。

在日本说起金山寺，通常指的是“金山寺豆酱”的略称，辞典中也是这么写的。但这个“金山寺豆酱”与我们想象中的酱不一样。《广辞苑》辞典对“金山寺豆酱”的解释为“一种酱拌的半固体副食品”，做法是先将大豆和大麦混合搅拌后蒸一下，然后加入食盐，最后放入茄子、瓜等。元禄年间的《本朝食鉴》中，将“金山寺豆酱”归为纳豆一类。

日本的“金山寺豆酱”肯定源自中国，大概是去中国留学的禅僧学会了制法，然后将其带回日本的。他们学做此酱的地点或许就是镇江的金山寺。今浙江省余杭县西北有一座径山寺（正式名称为能仁与圣万寿寺），据说该寺是“金山寺豆酱”的原产地。径山寺是中国的五山之一，临济禅之道场。由日本渡海而来的僧人多数是为了学习天台宗，径山寺属于天台宗体系，应该也多有日本僧人前来学习。

当时中国南方的发音中，“金”发成“KIN”，“径”

发成“KING”，二者非常接近。在佛教界，身为五山之一的径山寺广为人知。在民间，扬子江上的浮玉山——金山寺的知名度更高一些。或许是以上种种原因造成了二者的混淆。

在镰仓兴建建长寺之时，日本的“五山”也开始崭露头角。建长寺是以中国的径山寺为蓝本兴建而成的。《建长兴国寺碑文》可以明确地看出这一点：“因始作大伽蓝，拟以中国之天下径山，为五岳之首……”

曾经的唐代牛头宗禅寺径山法钦（714—792），在日本不读作“KEIZAN”，而是读成“KINZAN”。

如今在中国提起“金山”，人们想到的通常不是豆酱、纳豆之类。“金山”这个字眼，更多地让人联想起京剧中的著名片段。明代有一本小说集，名为《警世通言》，其中有一篇为“白娘子永镇雷峰塔”。

故事讲述的是一条白蛇化身成美女，嫁给人当妻子。日本江户时代，上田秋成将其改编成《蛇性之淫》，收录于《雨月物语》之中。《蛇性之淫》发生的地点设定为纪国，男主人公的名字叫丰雄。而原故事发生地则为中国杭州西湖一带，杭州是故事的主要舞台。原故事男主人公的名字叫许宣。上田秋成是改编的名手，从文学角度看，他改编的作品有很多甚至优于原著。但这部《蛇性之淫》只是将场所、人物等日本化了，对话等内容大都直接从原著翻译而来。在原著《警世通言》中，这个故事是出类拔萃的。上田秋成也认为这个故事在原著中最为精彩。这个故事入选明末小说集很早之前，曾以几乎同样的形式出现于南宋的话本之中。该话本名曰《西湖三塔记》。到了清代，这个故事又“变身”为《西湖佳话》中的“雷锋怪迹”，甚至作品中的遣词用句都是雷同的。

鲁迅小时候听祖母讲过这个故事。他将这个事情写进了文章《论雷峰塔的倒掉》，鲁迅认为男主人公的名字是许仙，估计这是因为他是用耳朵听到的故事，“宣”和“仙”发音近似，所以他将“许仙”和“许宣”弄混了。

许宣娶了白蛇精为妻。某日，他前往金山寺拜谒。据说，娶了妖精为妻之人都会有一股妖气，只有得道高僧才能够看破。金山寺的法海禅师一眼就看出了许宣身上的妖气，并将此事告诉了他。

上田秋成将金山寺改成了小松原道成寺，是真实的天台宗寺庙。和尚的名字原封不动地使用了的原著中的名字法海。道成寺在日本是一座名刹，因安珍清姬的传说而知名。

《警世通言》中描写白夫人（实为白蛇精）和侍女青青（实为青鱼精）弄翻了船，潜入水中。后来，她们再度现身，被收于法海禅师的钵中。

原著的情节是许宣趁白夫人疏忽，突然将法海所授之钵扣在了她的头上。《雨月物语》对这个情节进行了日本式的加工。《雨月物语》中，丰雄从法海禅师处得到了施有芥子香的袈裟。他将袈裟盖到了夫人身上，使她现出了白蛇真身。其后，夫人被收于法海的钵中。不仅如此，在现出原形之时白蛇精也不想让丈夫看到自己的真身，她想方设法让丰雄离开了现场，可谓用心良苦。

在戏剧中，围绕金山寺设定了大规模的武打场面。法海和尚率领的和尚大军与白娘子的妖怪大军进行了一番恶战，并引出了白娘子作法“水漫金山”。这一段故事又名“水满金山”，最终结果是法海率领的和尚大获全胜。幼小的鲁迅从祖母口中听到这样的故事，一直为法海多管闲事而耿耿于怀。

鲁迅在文中也是如此表述的，本来许宣和白娘子夫妻恩爱，法海非要在中间横生枝节，弄得人家妻离子散。鲁迅甚至认为法海这样做是出于忌妒。

白蛇精被收入法海钵中后深埋地下，许宣还募集了捐款，盖了一座七层宝塔，这座塔据说就是西湖旁边的雷峰塔。法海当时还写了四句偈“西湖水干，江潮不起，雷峰塔倒，白蛇出世”，意图永久地镇住白蛇精。

西湖的水是永远不会干的，钱塘江潮是不会平息的，雷峰塔也给人感觉是不会倒的，但1924年它却真的倒了。雷峰塔是一座砖塔，建筑材料主要是砖瓦。当地人迷信地认为，把筑塔砖瓦拿回家可以保佑家中平安。几百年时间内，雷峰塔的砖瓦被一块一块地拿到了百姓家里。终于有一天，雷峰塔再也经受不起这样的蚕食，轰然倒塌了。如此说来，塔倒了，白蛇应该出世了才对。提起1924年，其实也是本人出生的年份。和我同年出生的女性中出了很多才貌俱佳的美女，或许是白蛇精重见天日后能量四散至东亚各地，并再度化身成美女了吧。当然，东亚各地也包括日本在内。以上内容纯属虚构，笔者不过是想和大家开个玩笑。不过话又说回来，仔细调查一下日本大明星的出生年份，你会发现1924年出生的特别多。

鲁迅听说雷峰塔倒后，写了两篇文章。他在文中写道：“凡有田夫野老，蚕妇村氓，除了几个脑髓里有点贵恙的之外，可有谁不为白娘娘抱不平，不怪法海太多事的？”“现在，他居然倒掉了，则普天下的人民，其欣喜为何如？”

这段故事其实还有续篇。说金山寺被大水淹没，天下的百姓因此遭殃。玉皇大帝判定这是法海和尚铸成的大错，于是派兵擒拿法海。法海和尚四处逃窜，最后委身于螃蟹壳中逃避缉拿。这段故事也是鲁迅从祖母处听来的，《警世通言》中并没有这一情节。

民间传说颇能反映百姓内心深处的愿望，法海破坏别人家庭，也因此承受了不少的社会非难。

几年前，中国的京剧艺术团曾在日本演出京剧《金山寺》，笔者在神户观看了演出。老脚本应是法海战胜了妖怪，而新脚本则大相径庭。新脚本以双方打成平手，白娘子没有与夫君斩断情缘而收场。

宗教出没

欧洲基督教与伊斯兰教互相抗衡，在此过程中产生了祭司王约翰的传说。

传说东方有一位信奉基督教的祭司王约翰，他统辖着一个王国。这就是说，基督教的敌人——伊斯兰教的身后存在基督教的同伴，而且还是一个强有力的同伴。所以，欧洲基督教势力很想依靠这个强大的同伴。

这个传说不是为了鼓励教徒而编造的谎言，而是有根有据的。东方有一个蒙古或突厥系的部族，这个部族信奉基督教聂斯托利派。被金（女真族）追击的辽朝（契丹族）皇族耶律大石在中亚建立了西辽（喀喇契丹）政权。西辽政权曾有一段时期屡次攻击中亚的伊斯兰国家。西辽绝非穆斯林之国，只因攻击信奉伊斯兰教的塞尔柱王朝而被视为基督教的同伴。一度，耶律大石建立的喀喇契丹政权甚至被人们视为祭司王约翰所建之国。

如果说12世纪的东方存在基督教国家，那就应该是西蒙古的克烈部了。克烈部的首领王汗与成吉思汗的父亲也速该是盟友关系。因为这层关系，王汗曾经援助过成吉思汗。

当时，女真族建立的金王朝控制着中国北方。金王朝十分担心蒙古诸部联合起来，所以采取了离间之策。实际上，那时蒙古草原的各个部落已经出现了统一的机缘。金王朝为了怀柔克烈部首领，授予其“王”的称号。他的名字叫“王汗”，其实是中国的“王”与蒙古的“汗”结合的产物，想一想这真是一个相当奇妙的名字。

蒙古各个部落统一的最后阶段，成吉思汗与扎木合互不相让。此前，王汗一直都是支持成吉思汗的。到了这个阶段，王汗开始转而支持扎木合。其实，扎木哈和成吉思汗也曾经结盟过。

成吉思汗成为了最终的胜利者。王汗逃亡，克烈部归于成吉思汗的统治之下。王汗的弟弟有三个女儿，都是才色兼备的美女。成吉思汗纳长女为妃，并将次女许配给末子拖雷为妃，三女许配给长子术赤为妃，三姐妹分别嫁给了父子三人，这种分配方式也真是够大度的。

这三姐妹都是忠诚的基督教聂斯托利派信徒。拖雷的妃子是克烈部的唆鲁禾帖尼（《元史》中的显懿庄圣皇后），她生了宪宗蒙哥、世祖忽必烈、伊尔汗国的皇帝旭烈兀。身为三个皇帝的母亲，她忠诚地信奉着基督教，这应该会对孩子们产生巨大的影响。

这么看来，成吉思汗建立的蒙古帝国才是西方基督教势力所期待的祭司王约翰之国。实际上，蒙古帝国确实给西亚的伊斯兰国家以沉重的打击。

尽管如此，蒙哥、忽必烈、旭烈兀并不是基督徒，但他们一定对基督教的氛围相当了解，也会对基督教抱有很大程度的好感。

旭烈兀为伊尔汗国的开创者、初代皇帝，他的皇后为脱古斯可敦。脱古斯可敦实际上是他母亲的妹妹，她也是位基督徒。伊尔汗国其后演变成为一个伊斯兰国家，但其皇帝却具有浓烈的基督教色彩。

元王朝的皇帝忽必烈最终消灭南宋，统一了全中国。在忽必烈的统治之下，基督教可以在全国范围内自由地传播。

可以说，元代是基督教在东方传播的大好时机。尽管如此，元朝被灭之后，基督教的影响就几乎荡然无存了。

这其中一定有很多原因。宪宗蒙哥、世祖忽必烈的生母是一位基督徒，她还是一位相当聪明的人物。《新元史》是这样记述这位女性的：“拖雷早卒，宪宗、世祖尚幼，事皆决于后。后有才智，能驭众……”

她与成吉思汗的长孙拔都结成亲密的关系。定宗（太宗窝阔台之子）死后，她以家族长老——拔都提议的方式让自己的儿子蒙哥成功登上了汗位。可以说，宪宗的母亲是一位深谋远虑的女人。

拖雷早死，所以蒙哥和忽必烈是在母亲的熏陶下长大成人的。拖雷是成吉思汗的幼子，他从成吉思汗手中继承了十万军队。拖雷死后，这些军队又归在脱古斯可敦的麾下。脱古斯可敦早早就掌握了这么多军队，绝非等闲的深闺妇人，她一定会耐心地教育自己的儿子们。

那么这位克烈部出身的母亲，为什么没有把自己的儿子变成基督徒呢？她本人肯定是虔诚的信徒，丈夫又早早去世，在孩子的教育方面，脱古斯可敦肯定拥有相当大的自由。

本人推测，正是因为她足够贤明，所以才没有让儿子们信奉基督教。幼小的蒙哥和忽必烈必须接受的是“帝王学”教育，他们必须当上蒙古的可汗，成为君临世界之人。儒教、佛教、道教的世界，伊斯兰世界，等等，世间一切，都将归于他们辽阔的统治版图之下。信仰这些宗教，具有这些思想的人都不过是他们治下的臣民。这样一个帝国的君主是不可以过于倾向某种宗教的——或许蒙哥、忽必烈的生母是这样考虑的。笔者猜测，她应该会把基督教中关于世间伦理的部分教给孩子们。

至元十一年（1274），元世祖忽必烈命史天泽、伯颜二人率大军攻打南宋。出师之前，忽必烈训诫他们要“节制杀戮”。在训诫他们勿妄杀之前，还说道：“古之善取江南者，惟曹彬一人。”

历史上，经常会出现北方势力席卷南方的情况，但是在攻打南方的战例中，能够称得上“善”的只有曹彬一人。曹彬是北宋将军，奉命攻打与北宋分庭抗礼的南唐政权。南唐的首都是现在的南京，皇帝是赫赫有名的词人李煜。

发动总攻之前，曹彬突然称病，并且停止了一切与军事相关的活动。众将十分担心，于是前往府上探望曹彬。曹彬告诉众将领说：“余之疾病非药石所能愈，唯须诸公诚心自誓，以克城之日，不妄杀一人，则自愈矣。”意思是说：“我的病不是药石可以治愈的。如果诸位将军诚心发誓在陷城之日不妄杀一人的话，那我的病就自然而然地痊愈了。”

据说，众将听后立即当场焚香，发誓不妄杀一人。数天以后，南京城陷落，城陷之日没有发生太多的流血惨案。忽必烈搬出这个故事，叮嘱“诸公悉如曹彬”。

有观点认为，这件事反映出忽必烈受到了儒家的影响。姚枢是一位优秀的儒者，忽必烈曾拜其为师。忽必烈通过姚枢的讲义学习过儒家的政治理念、伦理等知识。或许忽必烈的母亲曾经教育他，对待儒、道、佛教、伊斯兰教、基督教等信仰均不可偏颇。

基督教国家和伊斯兰国家的君主分别信奉基督教和伊斯兰教，这都是再正常不过的事情了，有时候他们还会兼任宗教领袖。但是，作为世界性帝国的君主对待宗教就不能随心所欲了。这或许也是他们的一个烦恼。

印度的莫卧儿王朝第三代君主是阿克巴（1556—1605年在位）大帝，他是一位明君。在这个问题上，阿克巴好像就很苦恼。

莫卧儿帝国的王室自印度西北方向攻入印度，是一个不折不扣的征服王朝。莫卧儿王室信奉伊斯兰教。所谓“莫卧儿”其实是“蒙古”的转音，他们自称母系流淌着成吉思汗的血液，父系据说是帖木儿五世，但这多少有些令人难以置信。也有人认为他们是察哈台系的突厥部族。王朝肇始之时，大家都喜欢自诩为名门之后。其中，也有很多是不切实际的胡编乱造。不管怎么说，莫卧儿王朝是一个穆斯林建立的政权，而其统治的印度臣民绝大多数都是印度教教徒。印度号称宗教和人种的大熔炉，除此之外还有耆那教、从伊朗流亡而来的琐罗亚斯德教（由哈西等人带入）等。

阿克巴大帝主张创建一个新宗教，将上述的宗教都囊括进来。这个新宗教就是所谓的“阿克巴教”，正式的名称为“迪涅·伊拉吉”（神圣的宗教），如果直译，就是“神圣的信仰”之意。单从名称来看，这是一个相当含糊的宗教名称。阿克巴教的主旨如下：

（1）信奉一神论。阿克巴为最高长老，也是使徒，信徒向阿克巴奉献一切。（2）不食肉，对一切行善。（3）对皇帝行恭敬崇拜之礼。（4）崇拜太阳及火。

可见，阿克巴教具有伊斯兰教特征，还包含印度教的内容。同时，这个宗教还有琐罗亚斯德教、耆那教的教义内容。

阿克巴大帝并没有过于积极地推行他的新宗教，因为他知道，那样做的话势必会招致强烈的反对。

从其他层面来看，“神圣的信仰”无疑具有一定意义，它至少可以反映出阿克巴大帝对所有信仰都持有宽容的态度。据说，连皇室内部都很少有人信仰皇帝的“阿克巴教”。

阿克巴的宫廷之中聘有琐罗亚斯德教的神职人员，还有从果阿请来的基督教神职人员。据说，阿克巴特别喜欢听宗教间的争论。

蒙古的君主们也喜欢宗教论争。这些君主的统治范围内，存在着多种不同的宗教，他们当然想知道孰优孰劣了。在观看这些宗教争论的过程中，往往更容易看清各种宗教的本质，也更容易理解这些宗教的内核。

忽必烈的兄长蒙哥好像也喜欢宗教论争。蒙哥统治时期，佛教势力和道教势力不和，双方的斗争此起彼伏。从蒙哥即位第五年延续至次年，两个宗教团体合计共有五百余人参与争论，这场争论以佛教一方取得最终胜利而告终。

据说，在成吉思汗西征过程中，一位名叫长春真人的道士不远万里前去与其会面，讲述长生不老之术。这个长生不老之术简单说来就是“节欲保躬，好生恶杀”。12世纪道教分为两大宗派，北方为全真教，南方为正一教，长春真人是全真教创始人王重阳的高徒。

长春真人与18名弟子一起从北方草原之路越过撒马尔罕，在兴都库什山脉与成吉思汗相见。关于这次长途跋涉，有一部著名的珍贵一手史料《长春真人西游记》。长春真人远行的目的是让全真教得到最高权力者的认可，他达到了这个目的。

全真教又称新道教，它以为以往的道教多有荒诞无稽之谈。全真教还引入了儒家和佛教的内容，特别是从禅宗中汲取了营养。全真教宣称的“神仙”，酷似禅宗通过坐禅修来的顿悟。长春真人会见成吉思汗之时，也没有讲稀奇古怪的故事。正因为他没有信口雌黄，所以得到了成吉思汗的信任。

这次长途跋涉意义非凡，全真教获得了免税的恩典，全真教派也挺直了腰杆。那些位于社会底端的人，以成吉思汗的认可和恩典为后盾，肆意地传教。他们认为此乃道教——全真教扩大势力范围的天赐良机。他们眼前的敌人是佛教，各地发生了多起道教徒攻击佛教徒的事件，而且呈愈演愈烈之势。甚至还有人占领寺院，将其改为道观。

唐会昌年间的“废佛令”也是道士赵归真怂恿武宗发起的。这固然有佛教徒自身的原因，而道教自古以来对佛教抱有的“宿敌观”或许才是更重要的因素。道教是中国土生土长的宗教，而佛教则是“外来户”。道教势力之所以动辄就采取高姿态，其实是国粹主义的表现。但在蒙古人建立的世界帝国中，如此地肆意妄为显然就有些可笑了。

对于各地发生破坏及占领寺庙的行为，佛教徒当然会提起上诉。之所以发动了规模达五百人的佛道论争，就是因为当时两教的斗争已经达到白热化程度，也必须在理论层面上对此进行一次裁决。

双方争论的主题是《老子化胡经》。据《史记·老子传》记载，老子出关后不知所终。极端的国粹主义者据此认为老子出关后西行，教化了释迦摩尼，并因此产生了佛教。《老子化胡经》据传是西晋道士王浮所作，该经其实是一部伪经，主张道教优于佛教，故而人为制造出各种所谓的“根据”。因为该书来源可疑，所以自古就多被当成禁书处理。

以这样的文献作为论争题目，道教是没有获胜可能的。据说在公开辩论的席上，道教丢了很大的面子。虽然在辩论中铩羽而归，但道教并没有因此收手，他们好像意气用事一般继续攻击、破坏寺院。二十几年后，忽必烈时代曾一度禁止道教的这种行为。可想而知，当时的破坏活动有多么激烈。

实际上，佛道二教论争的前一年即1254年，宪宗蒙哥曾发动基督教与佛教的宗教大辩论。所谓基督教，其实主要指基督教聂斯托利派。

那时，罗马教皇确实向东方派出了使节。他们认为，东方有个祭司王约翰一事并非空穴来风，所以采取了积极行动。派往元朝的使节主要有普拉诺·卡尔皮尼的约翰、伦巴第的安瑟伦、圣甘丹的西蒙、伦久摩的安道尔、卢布鲁克的维利亚姆等几位修道士。其中安瑟伦和西蒙同属一个教团，所以使节团一共是四个，他们的目的是促成元朝统治者不杀基督徒以及尽可能劝说他们改信基督教。

在上述使节团中，卢布鲁克的维利亚姆得知基督教与佛教之间论争，在其著作《卢布鲁克旅行记》中详细地记述了此事。

据说，那次争论的题目是“一神教还是多神教”。基督教聂斯托利派教徒为了增强“一神教”力量，好像还拉上了穆斯林壮大声势。毋庸置疑，远自欧洲卢布鲁克而来的人一定会对眼前的一切感到诧异。

聂斯托利派主张耶稣基督是人，但具有神性，认为玛利亚不具备神性。在埃菲索斯会议上，聂斯托利派被基督教逐出宗门。其后，因该会议的决议被视为无效，所以聂斯托利派被逐出宗门的判决也应无效。尽管如此，聂斯托利派还是遭到了各种迫害，于是他们转向东方寻求活路。在西方的基督教圈中，聂斯托利派还是有被视为异端的倾向。

现在，伊朗尚有琐罗亚斯德教信徒几千人至一万人，亚美尼亚裔伊朗人是希腊正教派的基督教信徒，霍梅尼体制下的伊朗承认国内的琐罗亚斯德教和基督教。我去年曾参观过伊斯法罕的基督教堂，教堂没有被迫坏过的痕迹，甚至给人一种保护很好的感觉。

异教没关系，但异端可不行。造访元宪宗蒙哥宫廷的修道士由罗马教皇派遣而来，他们肯定对基督教聂斯托利派抱有复杂的感情。

前述《卢布鲁克旅行记》全名是《佛朗西斯科修道会卢布鲁克维利亚姆修道士的旅行》。据该书记载，那次宗教辩论的最后阶段，维利亚姆曾想阐述“三位一体说”，但是遭到了聂斯托利派教徒的阻挠。

对于聂斯托利派的人们来说，自唐代长安建大秦寺以来，东方属于他们的势力范围。而来自西方罗马的修道士事事表现出一副正统的派头，聂斯托利派也绝不会觉得舒服，况且判定聂斯托利派为异端的决议早在八百年前就已经撤销了。

而在罗马修道士看来，为了夺回耶路撒冷，欧洲的基督徒组成十字军与伊斯兰教浴血奋战，而这里的聂斯托利派居然与教义相争的敌人牵起手来，他们心中亦会感到不快。

还是回到宗教论争的话题。据说，当局为维利亚姆也配备了翻译和对手（中国僧人），但维利亚姆并未积极发言。

所谓宗教论争，并非要废掉失败的一方。道教在辩论中败给佛教，但在之后其势力曾极度繁盛。二十几年后元廷颁布的“废止令”并非针对道教教义，而只是针对道教的破坏行动。

罗马的传教士们心中期待的是传播天主教，他们也无意借助聂斯托利派的力量传教。宗教大辩论时，维利亚姆应该也是因此而保持沉默的。当时，他应该是一边谨慎地控制着自己的言行，一边在心中描绘着天主教一鸣惊人的宏图。

前面提到，马尔·萨尔奇斯在镇江和杭州建立了基督教堂。据《镇江志》记载，他还去过闽（福建）、浙（浙江）。至元十三年（1276），忽必烈派遣伯颜将军攻陷了南宋首都临安（今杭州）。马尔·萨尔奇斯是从军去的闽浙，还是讨伐宋军的元军占领该地后去的，现已不得而知了。浙江温州、福建泉州一带存有很多基督教色彩浓烈的古迹，这或许是当时马尔·萨尔奇斯热心传教的结果。从镇江的情况推测，马尔·萨尔奇斯有时候过于热心传教，难免有蛮干之嫌。

杭州陷落之后，南宋的遗老遗少们携两位皇子自温州向福州、泉州一带转移。元军将他们逐一击溃，并在崖山一带把南宋势力全部歼灭。在这片亡命政权曾占据的土地上，当年也曾进行过十分严苛的统治吧。可以想象，马尔·萨尔奇斯是作为朝廷要员被派至闽浙施行统治的。马尔·萨尔奇斯手中拥有大权，他一定会利用手中的权力积极推广基督教的。这些都不难推理。

《元典章》中收录了一篇诉状，内容是大德八年（1304）江南诸道道教徒控诉基督徒的。诉状上是批判性的内容，例如批判“也里可温”创立“掌教司衙门”、引诱道教师父、侵夺道教房产财地、祝圣祈祷之时位居道教师父之前等。

文中的“祝圣祈祷”是指逢在位皇帝过生日时，各宗教的神职人员要祈祷皇帝长寿康宁。诉讼的内容与祈祷的顺序有关，基督徒挤开了道教师父把自己排到了前面。道教徒认为基督徒这么做简直太不像话了。

上述诉状中，还控诉了基督徒动辄殴打道教师父。该诉状由地方一直被呈递至中央的礼部（相当于日本的文部省），最后交由集贤院处理。

集贤院的决定如下：祝圣祈祷时首先是和尚（佛教），然后是师父（道教），之后才是也里可温（基督教）。也就是说，集贤院采纳了道教的诉讼要求。据说，基督徒还随意创设“掌教司衙门”。当时，人们为了免除差役而加入基督教，于是基督教设立“掌教司衙门”加以应对。所谓“掌教司衙门”，类似于教会事务所，或者相当于主教办公所。“掌教司衙门”并非国家办公机关，而是宗教私设的事务机构。随意地设立这样的机构其实并不值得大惊小怪，如果组织的成员增加了，其办公机构必然会采取这样的措施。

仔细思考一下，这里还是有可疑之处的。如果从免除差役这点来看，佛教和道教也有这样的特权，为什么人们要信基督教呢？

佛教方面，成为正式僧人之前必须拿到“度牒”，这个许可可不是轻易可以拿到的，唐代曾有国家财政困难时出售“度牒”的记录。道教方面，我们现在尚不清楚成为道士之前需要取得什么样的资格。如果想逃避国家劳役的话，比起传统的佛道二教，或许基督教更容易些。此外，道教诉状中的“引诱道教师父”十分值得玩味。至少在温州可以看到道士改信基督教的倾向，这可以让人联想起基督教的“折伏”[1]。从诉状中所提的“殴打”可以看到“折伏”的影子。基督徒主导的这场“折伏运动”的对象好像以道教为主，这可能是由于在宗教论争之时，道教比佛教暴露出更多的弱点。

1　宗教开导方法之一，严厉斥责对方使其醒悟。

热心地劝导入教、带有强迫性质的“折伏”，基督教的这些行为有时被视为“横暴”。控诉基督教的好像只有道教，也许佛教方面也曾控诉过，但未留下历史记录。关于“祝圣祈祷”的顺序，道教只是控诉了基督教，而并未涉及佛教的和尚该如何排序。从集贤院的裁决来看，他们遵从了礼部规定，即基督教位于佛教的和尚和道教的师父之后。基督徒好像只是谋求排在道教之前，并未要求排在佛教之前。

总之，从这场控诉风波中我们可以看到温州基督徒过剩的热情，他们或许继承了马尔·萨尔奇斯的传统。

在泉州的道路施工现场和建筑工地陆续出土了一些基督徒的坟墓，很多墓碑正面刻有叙利亚文字，背面刻有汉字。其中，1946年出土的一座墓碑还刻有“至正己丑”的纪年，至正己丑距离朱元璋推翻元朝还有19年。

元朝的灭亡和明朝的建立都发生于1368年。由于汉族王朝的建立，基督教在中国彻底地消亡了。在汉族人看来，基督教是伴随着其他民族而来的“洋玩意”。温州的案例反映出该教曾热心于传教，这种热心给道教带来了不小的压力，甚至到了不得不寻求政府施以援手的程度。而从泉州的出土文物来看，汉族中也有不少信奉基督教的人。也许我的认识有不当之处，我认为这些人信仰基督教可能并不诚心，他们很多是出于巴结占领军的目的而信教的，图的是获取一些利益而已。因此，说他们多是无节操之人也不为过，元朝灭亡以后，基督徒面临多大的社会压力是可想而知的。

明太祖朱元璋是出身于社会底层的人物，据传他曾经当过化缘僧人，另一种说法是他曾是一个穆斯林。不管哪种说法正确，反正朱元璋对基督教是不会抱有好感的。

明王朝的制度是以猜疑心为基础建立起来的，这也颇能反映出其创立者的性格。一轮又一轮的肃清行动，消灭实力派，禁止外国人入境，建立密布全国的特务机关网，受到打压封禁的基督教想在这种社会环境中死灰复燃几乎是不可能的。

在基督教世界，将利玛窦（Matteo Ricci）定为中国开教始祖。明万历十一年（1583），利玛窦成功获得在广东肇庆府定居的许可，此时已经是明朝末年，距离元朝灭亡已过去215年。利玛窦定居中国61年后，明王朝灭亡。

虽然宣称是利玛窦在中国开创基督教的先河，实际上九百多年以前基督教的聂斯托利派就已经进入中国，它的另一个名字“景教”更为人们所熟知。当时，唐都长安就建有景教寺庙“大秦寺”。到了元代，既出现了信奉基督教的皇后，也有热衷于传教的信徒，基督教在中国拥有不少信徒。

元代“景教”这个称呼已不甚普遍，取而代之的是“也里可温”这个称呼。这个称呼应该不单指聂斯托利派，也包括一般的基督教教徒。当时中国与罗马教廷有所往来，双方还互通了使节。可以说，基督教已经在中国播下了种子。因此，说利玛窦在中国开基督教之先河并不妥当，应该说他是将基督教在中国复兴的鼻祖。利玛窦之前还有马尔·萨尔奇斯这样的人物，他在镇江等地筹建“十字寺”，以极大的热情广布基督教。但这长达250年的空档期也是有些过长了。

元代是最轻视汉文化的时期。元朝是蒙古族政权，所以如此选择不足为奇。很长一段时期内，元朝废除了科举制度，知识分子在元朝长期怀才不遇，但这个时代的基督徒并没有游离于汉文化之外。

基督徒马氏一族原本出身西域，这个家族涌现出马润、马祖常、马世德等杰出的文人，史书中有关于他们的传记。一般说来，基督徒被称为“也里可温”，在他们的传中多简称为“可温之人”。

例如，史书中有诸如“元可温雅琥著诗”这样的表达，意思是“元代的基督徒雅琥所作诗歌”，这里的“雅琥”应该是“雅各布”的转音。可温雅琥字正卿，《元诗选》中有“正卿集”，即是这位“雅各布”的诗集。据说此人最初名为“雅古”，是受敕命改为“雅琥”的。反正都是音译，用哪个汉字表示都差不多。他的诗作中，有一首名为《御沟流叶》的七言律诗，获得很高的评价。诗曰：“彩毫恨将付霜红，恨自绵绵水自东。”

这是该诗的开头部分，彩毫指的是五彩的笔，这句与南朝梁代诗人江淹（444—505）的一段逸事有关。某晚，江淹做了一个梦，梦中与晋代文人郭璞相会，梦见郭璞对他说，“把我借给你的彩毫还给我”。据说，自此以后江淹就不再写诗了。

上述诗歌就是基于这个典故而作的，这足以证明雅各布通晓中国经典。明代诗人胡应麟论及元诗时，对雅各布下面的诗句推崇备至：“梅花路近偏逢雪，桃叶波平好渡江。一声铁笛千家月，十幅蒲帆万里风。”

明代文人普遍对元代的诗歌抱有一种先入为主的偏见，是因为元朝是由外民族入主建立起来的政权。胡应麟为了纠正这种偏见，主张重新评价元代诗人，他将类似上面的佳句推荐给世人，其中就包括雅各布的诗文。他对雅各布的诗文给予极高的评价，认为雅各布的诗“上接大历、元和之轨（中唐的白居易、柳宗元、韩愈等），下开正德、嘉靖（明代的李梦阳、王世贞或文徵明、唐寅等苏州文人）之途”。

雅各布的文学活动告诉我们，他虽为基督徒，但并不抵触中国的传统文学。也就是说，即便是基督教也完全可以走中国化之路。对于基督教来说，在元朝灭亡以后赶上了明朝可谓是时运不济。与世界性的帝国元朝不同，明朝是一个封闭性的政权。

在如此不利的条件下，利玛窦重新担起了振兴基督教的重任，因此，利玛窦的功绩也不容抹杀。

随着元朝的灭亡，著名的丝绸之路也随之衰落。由西向东的道路需要等待后人再度开启。这一等就等到了瓦斯科·达·伽马开辟印度航线。此前，还有举世闻名的郑和下西洋。郑和下西洋本有可能促进东西方的交流，可惜最终中断了。从明政权的性质来看，或许中断是必然的结果。从规模上看，瓦斯科·达·伽马率领的船队显然与郑和船队无法相提并论，但他仍然率领这样一只破烂不堪的船队开辟了通往香料产地的航路。这条航路本是贸易之路，到了1540年耶稣会创立之后，就演变成了传教之路。1549年，沙勿略受耶稣会派遣来到日本的鹿儿岛，天主教就这样在东方传播开来。比起日本，天主教在中国的传播始终显得困难重重，传教的开端也明显晚于日本。

当耶稣会开始在东方传教时，日本正处于战国时代。一群小领主在各地割据，并相互争斗。就是说，当时日本正处于一个“竞争时代”，只要能够比相邻的大名[1]好一点，这些领主什么事情都愿意做，他们也有足够的欲望这样做。换言之，日本当时是一个“欲望时代”。

西方向东方提供的东西中就包括枪，枪在战争中发挥着巨大的作用。其次，还有贸易带来的利益，传教士在交易中起到了中介的作用，他们将贸易之利带给大名。作为奖励，传教士则从大名手中获得传教的许可。信奉天主教的大名的领地出现天主教化倾向，长崎归为教会所有。

与日本相比，中国正处于大明帝国的专制统治之下，明朝的官员大多是文人，他们十分蔑视商业，厌恶战争。在背诵四书五经、写作形式主义的八股文方面，明朝的文人是互相竞争的。除此之外，其他方面就再无竞争了。对于中国来说，耶稣会传教士所能够提供的东西并没有太大魅力。

那么，对中国来说有魅力的东西又是什么呢？相信这也是耶稣会在中国传教时必须考虑的。文人官僚坐在宝座上，掌握着国家政权，他们最尊敬的是学问，是知识。传教士在成为传教士之前首先必须是学者，而且他们必须拥有中国文

1　日本古时封建制度对领主的称呼。

人所不具备的知识，并能有效地展示出来。

利玛窦是葡萄牙人，曾居住于澳门。在澳门生活期间，利玛窦开始研究上述问题。他悟出一个道理，在中国传教首先需要将自己“化身”成学者，然后通过提高自身的名声来逐渐创造传教环境。除此之外，并没有什么其他方法可以打开局面。因此，利玛窦和罗杰利（中国名字是“罗明坚”）获准居住广东肇庆府可以说是传教的第一步。然而，他们的第一步有些步履蹒跚，利玛窦到达北京并从万历皇帝那里获得传教许可时，时光已经匆匆过了18年。

在肇庆府住宅的墙壁上，利玛窦挂起了一张世界地图。这幅地图上印有说明性文字，大概也是用拉丁文写的内容。中国的知识分子访问他的住宅时，一定会对这张地图充满好奇，他们也很想知道那些拉丁文字写的是什么内容。

王泮就是促成利玛窦定居于内地之人，他曾当过肇庆府知事。王泮劝说利玛窦将地图上的说明译成汉文。当时，利玛窦的汉语水平尚不高。在王泮的协助下，他终于制成了汉文版的世界地图。王泮将该图付梓刊印后赠与友人。就这样，这幅地图渐渐流传于中国各地。这幅世界地图不仅绘有纬度、经度、回归线、五大洲、国名等，甚至还附有各民族习惯的概况等内容。

在这些传播上帝之道的神职人员的世界中，也有忌妒和诽谤。尽管利玛窦被誉为开山鼻祖、复兴之祖，但也有人想给他泼脏水。他们煞有介事地说，利玛窦为了讨中国人的欢心而不择手段，还说利玛窦不仅将中国画在了地图的中心位置，而且把中国画得比实际领土要大，故意把其他地方画得很小。

利玛窦将中国画在了地图中央好像确有其事，当时欧洲的世界地图当然是将欧洲画在地图的中心位置，但是在领土面积上动手脚就属于无稽之谈了。王泮印制的汉文版地图曾广泛流传于全国，但是目前还没有发现这枚地图的原图。看来，还不能通过证据来彻底洗刷利玛窦的不白之冤。

利玛窦可能确实考虑到了中国人的自尊心，但应该不至于为此去歪曲事实。作为一名学者，他渐渐地积累了一些名气，还拥有了一定数量的信徒和拥护者。1601年利玛窦获准前往北京，向万历皇帝献上了钟表、西洋乐器等各种珍奇之物。万历皇帝对财物向来是热爱的，收到礼物后非常高兴，批准利玛窦在中国传教。

虽说是收下了礼物，但利玛窦未能亲眼见到万历皇帝。万历皇帝是一位懒惰的皇帝，甚至二十多年都不见自己的大臣。当时，丰臣秀吉出兵朝鲜，明朝决定向朝鲜施以援手。出兵朝鲜需要巨额的军费开支，国家财政显得有些捉襟见肘。尽管如此，万历皇帝也没有停止他极尽奢华的生活。他把政治全部交给大臣——这种状态势必会动摇明朝的统治基础。明朝向着灭亡的深渊一去不返。

利玛窦在北京大概居住了10年。1601年利玛窦去世，此时距获准居住肇庆府已经过去了27年。据报告说，在这27年内他共获得了2500名信徒。

日本在割据时代迎来了基督教。在日本实现天下统一之后，彻底禁绝了基督教。众所周知，日本对基督教进行了残酷的镇压。当时基督教在日本拥有20万信徒，这些信徒的绝大部分都烟消云散了。

中国是在统一的明朝时期迎来了基督教。皇帝被珍奇的西洋物品所俘获，批准了基督教在华传教。但是，基督教的信徒数量也没有太大的增长。明王朝因万历怠政而日渐威信扫地，相反，基督教的传教却因此日趋繁盛。

各地起义军蜂起，东北地区的满族人蓄势待发，屡屡进犯。这使得西方的技术日益得到尊重。最终，满族人推翻明王朝，入主中原。在此之前，满族的首领努尔哈赤曾大败于明军之手。1626年努尔哈赤包围了明朝的宁远城。明将袁崇焕用大炮应战，迫使一度锐不可挡的努尔哈赤铩羽而归。努尔哈赤亦亡于此年，据说死因是被大炮击伤。

根据记载，当时明朝所用之炮是葡萄牙炮。毋庸置疑，这些炮来自于传教士。传教士不仅精于兵器制造，还以丰富的天文学知识制定了更为精确的历法。这一点也不应该被世人所遗忘。

清王朝是非汉族政权，要比明朝更为国际化，具备接纳基督教的基础。实际上，清王朝对外国人的偏见丝毫不比明朝少。但是，清王朝曾任命外国人担任天文台台长（钦天监），这一点是不容忽视的。

自1723年起，清王朝开始禁止基督教传教。礼仪问题是清政府禁教的主要原因。继耶稣会之后，多米尼克会、佛朗西斯科会、奥古斯丁会等组织的传教士纷至沓来，他们在中国传教的方针出现了意见分歧，问题主要集中在允不允许中国人崇拜孔子和崇拜祖先上。

罗马教皇两次向中国派遣了使节，他的意见是崇拜孔子和祖先属于迷信行为，并颁布命令禁止中国教众尊孔敬祖。中国人认为，教皇的这一决定侮辱了中国的礼仪传统。于是，当时的皇帝雍正下诏禁教。1844年即鸦片战争结束两年之后，清政府解除了禁教令，中间的空档期正好是120年。中国为了禁教采取了强硬手段，但没有日本那样激烈。

教化始末

清朝的皇帝并非汉族，这一点与蒙古族当政的元朝非常相似。可以说，到了清朝基督教又迎来了一次传教良机，而且利玛窦在明末已经打好了传播基础。然而，基督教在清朝遭到了禁教的处置，这对于一种宗教来说应该是最坏的结果了。事态之所以发展到这个地步，基督教自身必须负有一定责任。

利玛窦最初在肇庆府建立了金碧辉煌的耶稣会教堂。王泮当时就是其支持者，他为利玛窦题写了一个匾额，上书："仙花寺 西来净土。"

元代的教堂也称为"寺"。如前所述，当时的教堂名为"十字寺"。因此，"仙花寺"这个名称并非标新立异。"西来净土"也不是特别惹眼，因为基督教中也存在天堂和乐园的思想。

对于传教士来说，成为一名修道士就意味着与家人切断联系，故中国人将此视同为佛教的出家也是正常的。耶稣会的传教士还剃发，身披袈裟，所以中国的民众将西方的传教士称为“西僧”。恐怕还有不少人认为他们是自天竺远道而来的佛僧。

明末是佛教失去活力的一段时期。儒家王阳明吸收了佛教思想，开创了阳明学体系，但这毕竟只是特例。当时的社会观念认为，只有活不下去的人才去当和尚，人们对僧侣的信任度极低。

有一个叫刘节斋的两广总督，为了霸占仙花寺的土地，曾把利玛窦遣往韶州。刘节斋还命利玛窦在南华寺暂住了一段时间。南华寺是一座禅宗寺院，由唐代名僧慧能创建，是一座历史悠久的名刹。慧能师从禅宗“五祖”弘忍。他从弘忍处继承了大法之衣钵，甚至被称为“六祖”。慧能有《六祖坛经》等著作存世，敦煌石窟出土了慧能的著作，他的作品被誉为中国禅宗的核心。值得一提的是，临济宗和曹洞宗也源自慧能。

宋代的文天祥曾作《正气歌》，该诗充分地体现了文天祥的豪情。文天祥也写过比较平和的诗歌，如《望南华寺》：“北行近千里，迷复忘西东。行行至南华，忽忽如梦中。佛化知几尘，患乃与我同。有形终归灭，不灭惟真空。笑看曹溪水，门前坐松风。”

南华寺曾于明成化年间（1465—1487）重修，现在还存有雄伟的伽蓝。不过，当时的南华寺方丈的确误会了，他以为利玛窦是总督从天竺聘来的高僧。

据传，该方丈曾想把整个寺院都让给利玛窦，用史书的话说就是“举寺献之”，希望利玛窦能够“再兴禅林”。

利玛窦回答说，自己只是想在此借宿而已。听了利玛窦的话，这位方丈才没做更多的打算。由此可见，即便是当时名刹的方丈都不是很自信，他将剃发披袈裟的利玛窦认作天竺僧人，也并非子虚乌有之事。

在中国生活过一段时间后，利玛窦等人发现佛教僧人并不受一般百姓的尊敬。说严重点的话，就是不但不受尊重，而且还遭鄙视。因此，再穿着近似僧人一样的装束对传教不利。如果传教士穿得像一个僧人，谁还会侧耳倾听他们的讲经说法呢？所以，要想传教就必须改变装束。

在这个国家备受尊重的不是僧人而是学者。在中国生活过一段时间后，利玛窦等人渐渐悟出了这个道理。于是，利玛窦再次蓄起了剪掉的胡须，扔掉了袈裟，换上了儒装。此后，他们不再是所谓的“西僧”了，而是摇身一变成了“西儒”，他们通过学问找到了传教的切入点。

佛朗西斯科会、多米尼克会的传教士们继耶稣会后相继而来。他们初到中国时还保持着传统，穿着传教上的“制服”——质地粗糙的修道服传教。

明末是“现世中国”最“现世”的时代，没有人会听一个化缘和尚诉说什么来世前生。因此，这些后来的传教士也纷纷模仿起耶稣会的传教士来——脱掉道袍，换上儒装。

其实，换上儒装只是为了伪装成儒者而已，直白点说就是利用儒装为传教服务，这种调整应该说是基督教的一种“适应主义”。

利玛窦死后，中国政权更迭，清朝取代了明朝，但耶稣会没有改变传教方法。要想在中国传教，必须通过学问获得人们的尊重：如此知识渊博的人都在传教，那基督教肯定也是了不起的。对当时的传教士来说，抱有上述的觉悟是必要的。他们传教的“卖点”就是西方先进的东西，如天文学、数学等。如果有可能的话，最好还要通晓中国的经典。

基督教在日本的努力方向十分明确，那就是全力让领主改宗信教。在中国的努力方向则是让读书阶级——士大夫阶级改宗信教。中国士大夫是统治阶层，同时也是儒者。如果能够科举及第、成为进士的话，就可以获得担任官职的机会。中国的地方由总督执掌，总督拥有非常大的权力，将利玛窦赶出仙花寺的就是两广总督。尽管地方总督的权力很大，但只要朝廷下达一纸调令，他们就说不定去往何处任职了。为了防止地方大员在某地树大根深，明清两代都是通过频繁的人事调动来加以防范的。当时还有一个原则，高级官僚不能在自己的原籍为官。

与日本的情况不同，中国的一切都由中央决定。利玛窦特别期待前往北京，他一定痛感在地方进行草根式传教没有什么效果。如果遇到对传教抱有好意的总督还好，要是遇到对传教抱有敌意的总督就麻烦大了，他们会让之前所有的努力通通化为泡影。

从战术上讲，耶稣会必然会将北京作为根据地。明末清初，有一位著名的传教士名叫亚当·遐尔，中国名字为汤若望，德国科隆人。这位传教士曾被任命为钦天监监正（天文台台长）。这件事本身就是一种胜利——基督教战术上的胜利。基督教以北京为中心，以上层阶级为靶向的战术初见成效。依靠汤若望的努力，基督教在北京建立了大天主堂，伊斯兰天文学者因汤若望丢掉了饭碗。其后，汤若望又因伊斯兰天文学者的攻击而下台。汤若望能够就任钦天监监正绝非运气，在实地观测月食等方面他的确更胜一筹。

耶稣会在中国传教，看起来好像是在胜利中不断前进，北京是中国的首都，在一国的首都建起大教堂不能不说是一种成功。

其实，不仅是伊斯兰的天文学者们会忌妒亚当·遐尔，天主教内部同样也会有人忌妒耶稣会的成功，比如其他教会——多米尼克会、佛朗西斯科会等。说得好听一点，他们是受到了成功的刺激。

耶稣会是经由葡萄牙的特别居留地果阿至澳门进而到达中国的。众所周知，西班牙是葡萄牙的竞争对手，他们把多米尼克会、佛朗西斯科会的传教士从马尼拉派往中国。

明末清初的天主教传教，是以利玛窦式传教为主要方式的。

中国对基督教的称呼并不统一。人们将加特力（Katholiek）称为天主教，将“新教”（Protestant）称为耶稣教。利玛窦式的传教在当时又被称为“利玛窦规矩”。

所谓的“利玛窦规矩”是指在传教时顺应中国具体情况，采取稳健的方式传教。说白了就是，在不改变中国士大夫做事方法的基础上传教。

问题在于祖先祭拜和孔子崇拜。中国的村子经常以郑家村、李家庄、杨家店这样的方式命名。而且很多村子里的居民都是同姓，甚至是出自同一个家族。这些村里一般会建有祭祀共同祖先的宗庙、宗祠。基督徒崇拜一神，严格说来，基督徒每参加一次祭祖活动就会违反一次教规。而且，中国人祭祖时，会向祖先敬献牺牲，例如会杀猪宰羊等。这在基督教看来无疑是迷信行为。

在一个家族中，参加并指挥祭祖活动的一般都是读书人，而这些人正是基督教的主要目标、积极争取的对象。能让读书人改宗信教是会产生很大影响的。这些读书人不仅本人会成为基督教的新鲜血液，他们的家人、家族也会受到影响。用学术一点的语言来说，就是读书人对其血缘共同体的影响是十分可期的。

如果一个人不参加祖先崇拜活动的话，就会被整个村集体排斥，无论此人读了多少书。因此，读书人是不会轻易改宗信教的。假如改了宗，一个被排斥于集体之外的人也不会有太大的影响力。

中国几乎所有的城市都建有文庙。文庙是祭祀孔子的庙，没有文庙的地方恐怕都算不上是城市。读书的少年、学生、地方官每月都要在文庙焚香祭孔两次。在正统的基督教看来，这明显属于异端行为，因为他们崇拜了神以外的事物。

如果禁止信徒祭孔又将如何呢？去孔庙行跪拜之礼是官员的义务，连义务都尽不到的官员又怎么可能坐稳官位呢？相信那些有巨大影响力的高官是绝不会改宗信教的。

若致力于让草民信教也就罢了，关键是耶稣会的目标是社会上层。因此，要实现这个战术就必须在祖先祭拜和孔子崇拜问题上做出让步。例如可以说对祖先和孔子进行礼拜与崇拜神是不同的，敬祖尊孔只是表达对祖先的感谢，对教授人间伦理的孔子表示感谢。这样说既不会同基督教教义产生冲突，也尊重了中国的传统。

耶稣会的成功刺激了其他教派，他们认为耶稣会的成功是不择手段的。前文提到，基督教有些派系是受西班牙资助的，这些教会的传教士由马尼拉前往中国。这些派系在传教时采取了强硬的立场，即“祖先祭拜、孔子崇拜是违反教义的”。这样做显然与中国的传统相冲突。

中国政府对西方传教也是有条件的，中国可以接受利玛窦方式的传教，但如果超出了这个界限就不好说了。超越界限的传教通常被定为违规行为。明末的1637年，中国对多米尼克会和佛朗西斯科会的传教士下达了逐客令。从当时中国的意识形态来看，禁止祖先祭拜、孔子崇拜属于夷狄的“野蛮”行为，理应将反对敬祖尊孔的外国人驱逐出境。

“礼仪问题”是使基督教在中国传教成果灰飞烟灭的主要原因。关于“礼仪问题”的研究其实并不少见，因为这个问题与基督教有关，所以不仅中国和日本有所研究，外国对此也进行了大量的研究。罗马存有与此问题相关的文献，所以研究资料相当丰富。

据说，多米尼克会的莫拉莱斯是带着宗教法庭的密令来到中国的。罗马的宗教法庭当时掌握在多米尼克会的手中，当时这个机构相当疯狂，经常叫嚣动用火刑处决犯人。哥白尼和伽利略被宗教法庭处以极刑也是在这一时期。罗马的宗教法庭对理性和文明来说，无疑是一个极其恐怖的存在。

对于耶稣会在中国取得的成功，多米尼克会很不高兴，何况耶稣会还为了传教进行了一定的妥协。于是，多米尼克会对耶稣会的妥协展开了强烈的攻击。因此，他们派遣“密探”也是完全有可能的。

目前，我们尚不清楚莫拉莱斯究竟是不是“密探”。其后莫拉莱斯被逐出中国，而走“利玛窦路线”的耶稣会则得以存留。毋庸置疑，莫拉莱斯一定会在罗马向宗教法庭进行控诉。

教皇英诺森十世认可了宗教法庭的判决。他认为中国的基督徒祭拜祖先、崇拜孔子是违反教规的。教皇最终裁定中国的基督徒不可以参加敬祖尊孔的活动。此事发生于1645年。

北京的耶稣会接到了这个通知，但他们认为这个决定是基于错误的报告做出的，所以要通过上诉来进行反驳。马尔蒂尼（中文名为卫匡国）被派遣至罗马进行申诉。他们搜集了很多证据，用来证明敬祖尊孔不过是中国国民道德的一种体现。教皇亚历山大七世颁布了敕书，认可了耶稣会的申诉。此事真可谓一波三折。

亚历山大七世死后，克莱门茨九世就任罗马教皇。克莱门茨九世又颁布了敕书，宣布亚历山大七世支持耶稣会的敕书无效。这位教皇倾向于多米尼克会，对耶稣会抱有很大的敌意。

1688年巴黎外国传教会员梅谷劳就任福建代牧，他成为“反礼仪”的主角。他在热河面见了康熙皇帝，而且还勇敢地陈述了“反礼仪”的意见。当时康熙皇帝命其读出御座上的四个字，而梅谷劳只读出了其中的两个字。

“连中国的古典都读不懂的人，哪有什么资格讨论中国的礼仪这么重要的问题……”康熙皇帝想通过这种方式来敲打对方。

梅谷劳手中还有一份教皇对信徒的训令，即“梅谷劳带来的教皇诏书”。该诏书中有一项内容是：“两个月之内必须摘掉挂于教堂上的‘敬天’匾额。”

表示神的词语仅限于“天主”。中国有“天”或者“天帝”的说法，但并不是“天主”之意。因此，罗马认为悬挂“敬天”匾额属于偶像崇拜行为。

但是，教会悬挂的“敬天”匾额大有来头，这些匾额上的“敬天”大多是康熙皇帝书写的，教会将其复制后悬挂于教堂之上。其中的含义不言而喻，他们想通过这种方式对外宣称基督教是受中国皇帝保护的。据说，梅谷劳当时命令中国教会将所有的“敬天”匾额摘除，但摘除皇帝的御笔在中国是重罪。

1706年梅谷劳被逮捕后遭到驱逐出境的处罚。宗教的纯粹性必须守护，但如果没有对异端的宽容，也许会令宗教走向灭亡。

康熙皇帝对基督教传教进行了限制，对于走“利玛窦路线”的人颁发“票”，而没有“票”的人则禁止传播宗教。时为1706年。

正当梅谷劳宣扬其拒绝宽容的学说时，教皇克莱门茨十一世向中国派来了特使托尔诺。1705年4月托尔诺到达澳门，他在中国期间，梅谷劳被驱逐出境。托尔诺在中国得到了官方颁发的“票”。

教皇克莱门茨十一世也是反礼仪、反耶稣会的。作为他的特使，托尔诺向信徒们宣告了自己此行的目的——传达禁止祭拜祖先、崇拜孔子的命令。梅谷劳被驱逐以后，托尔诺在南京公布了教皇诏书。签署的日期是1707年1月25日，而实际的日期是2月7日。诏书的主要内容是，禁止中国的基督教信徒参加一切传统礼仪。这是教皇的决定，违反者将会被开除出基督教。

贯彻“反礼仪精神”的传教士被驱逐出境了，而认同中国典礼、走“利玛窦路线”的传教士则被康熙皇帝赐予传教许可票，但走“利玛窦路线”的人却被罗马开除出教门。其实，耶稣会内部也不是所有人都赞同利玛窦式的传教方式，反中国式礼仪的大有人在。佛朗西斯科会也有人获得了中国的传教许可，但多米尼克会却没有一个人获得许可。

在南京公布的教皇诏书惹恼了康熙皇帝，他毫不犹豫地驱逐了托尔诺。澳门的葡萄牙当局也属于天主教的势力范围，他们将教皇特使托尔诺监禁了起来，理由是托尔诺由罗马赴中国时无视果阿大主教（葡萄牙人），连顺便看望一下都没有去。果阿当局通知澳门当局，不承认托尔诺教皇特使的身份。因此，他在澳门被监禁了三年，最后死在了澳门。

教皇克莱门茨十一世为了报答托尔诺，准备晋升他为枢机卿，但当时托尔诺尚在监禁之中。据说，有一位传教士剃掉了胡须，伪装成普通人，意图接近身陷囹圄的托尔诺。托尔诺拿到了教皇赏赐的枢机卿帽子，他是抱着枢机卿的帽子死去的。

教皇又发布了名为“埃克斯·伊尔拉·迪埃”的大敕书，对中国的礼仪又一次进行了否定。1716年敕书被送往中国。自此，基督教在中国的传教活动画上了休止符。

驱逐托尔诺之后，康熙皇帝也无意放松对基督教的管制。在康熙皇帝眼里，这些人既不知中国习俗，也不通中国经典，他没有耐心与这些人多费唇舌。康熙皇帝还宣布只给来华后不再回国的洋人居住权，那些今年来明年走的洋人统统禁止入境。

“立于他人门前，对人家事指手画脚。”康熙皇帝如是评价道。

当时，康熙皇帝已是高龄老人，对传教士还是抱有一定亲近感的。康熙皇帝去世后，他的儿子雍正皇帝断然施行了禁教政策，该政策正式实施于雍正皇帝即位的次年即1723年。

1844年清朝与法国签订《黄埔条约》。在法国代表拉古尔奈的强烈要求下，清政府全权代表耆英向道光皇帝上奏，称不该查禁天主教。道光皇帝同意了耆英的上奏，天主教最终以这种形式再次开禁。这次基督教在中国被禁长达120年。

日本对天主教的禁教行动非常彻底，甚至可以用严酷来形容。相较而言，清朝对天主教的禁教行动则柔和得多。即便是到了道光皇帝时期，中国的钦天监监正一职也是由信奉天主教的外国人担任。钦天监监正当然是住在北京的。郎世宁（Giuseppe Castiglione）是一位声名显赫的宫廷画家，在中国颇具声望。中国与日本不同，只是禁止传教士进行传教活动而已，并没有禁止天主教传教士在国内居住、生活。而日本则是将天主教的痕迹一扫而光，二者还是有很大区别的。

单从禁教这一点来看，我感觉其彻底性与近代化的彻底性是相互关联的。在天主教被禁时代，基督教传教士在日本没有容身之处。在清朝则不然，即便是在长达120年的禁教时期，外国传教士也没有彻底销声匿迹，而是可以藏匿起来。

“怎么地都行，差不多就行”用汉语来说就是“马马虎虎”的意思。近代中国启蒙思想家认为，正因无法杜绝“马马虎虎”才导致中国近代化难上加难。好像的确是这样，日本没有“马马虎虎”，所以在近代化进程中一马当先。

中国对天主教的禁止，首先是针对否定中国礼仪的派别施行的。雍正皇帝对肯定中国礼仪的一派也采取了同样的禁教措施。礼仪问题彰显出中西方在体制上存在的巨大差异。

清朝将罗马教皇称为“教化王”。欧洲的基本结构是各国皇帝统治人民的肉体，罗马教皇统治人民的灵魂，教皇被贴切地译成了“教化王”，正好契合他的本职工作——教化子民。而那些世俗的、表面性的统治行为则由各国皇帝负责。

中国自尧舜时代起，首领就是承天命的“天子”。首领不仅要统治人民的肉体，还要统治人民的灵魂。最为理想的状态是圣天子皇恩浩荡，恩泽远方。对于西方的那种统治者分掌一端的观念，中国人是很难理解的。梅谷劳和托尔诺曾反复解释：“我们只是针对中国的基督教信徒，只是要求他们不可参加礼仪活动，并不是呼吁全体中国人都不参加礼仪活动。”

尽管再三解释，但还是不行。中国的圣人天子观认为，中国的礼仪与肉体和灵魂都有关，二者是难以割裂的。圣人天子观还认为，这些外国来的传教士将二者区别对待是有问题的。现实就不必说了，中国的天子是道义及与此相关之礼仪的主宰者。而正是这个原因，天子要筑起天坛和地坛来祭祀天神地祇。

在驱逐外国传教士之时，清政府特意下诏禁止迫害传教士。而康熙皇帝派遣的使节（且为外国传教士）却被教皇投进了监牢。清朝曾派遣多名使节前往罗马，其中巴尔劳斯和保沃伊埃遭遇海难。通常认为，雷蒙德是在到达罗马之前去世的。但也有说法认为，他死于罗马的地下监牢。克莱门茨十一世是一位很残忍的教皇，要是他对谁不满意，就会马上将其打入地牢。纵观整个礼仪问题，笔者还是感觉北京方面要比罗马绅士一些。

梅谷劳的“南京之教皇诏书”和教皇的“埃克斯·伊尔拉·迪埃”彻底堵死了中国基督徒的礼仪之路。中国对天主教实行禁教时，信众已达30万人。到了1844年天主教解禁时，据说中国仍有20万信徒。可以看出，中国的禁教只是表面文章，所谓“禁教”是非常柔和的“禁教”，这与日本的雷厉风行不可同日而语。

1844年解禁后，教皇的“埃克斯·伊尔拉·迪埃”仍然有效。直到庇护十二世教皇时期（1939），罗马才认可中国基督徒可以参加敬祖尊孔等中式典礼活动。

蕃坊

《洛阳伽蓝记》成书于6世纪。493年北魏（386—534）迁都洛阳，《洛阳伽蓝记》记载了当时的首都洛阳的情况。从书名来看，该书很容易让人觉得是与寺院相关的一本书，但其实并非如此，该书由北魏遗臣杨衒之撰写。北魏灭亡后，杨衒之缅怀古都盛况，通过该书追忆了当时洛阳的情况以及洛阳的奇闻逸事。例如，洛阳城北有个叫闻义里的地方，住着一个名叫宋云的人。宋云是敦煌人，曾与惠生一起出使西域。此次出使西域的详细经过在杨衒之书中均可找到。我们姑且将这部分内容称为“宋云纪行”。仅是这部分内容，完全可以与法显的《佛国记》、玄奘的《大唐西域记》相提并论。它们都是与西域相关的重要史料。

唐都长安同洛阳一样，将“里”作为“坊”的同义词来使用，意思是城市中很大的一块街区。例如，长安的游乐区平康坊也被称作“平康里”。北魏也有个叫“四夷里”的地方，顾名思义，“四夷里”就是四方的夷人（外国人）居住的区域。

中国的南北朝时代，北魏皇室出自鲜卑族拓跋部。关于拓跋部众说纷纭，一般认为他们是突厥系的游牧民族。北魏是南北朝中的北朝政权。南朝政权以南京为国都，南朝的齐、梁等都为汉族政权。但从北朝洛阳看来，南朝的政权也是“夷”。

四夷里并非一个街区，它包括归正、归德、慕化、慕义四个里。里名取自“归德慕化”，可以看出鲜卑族建立的北魏已经带有浓烈的中华思想色彩了。

四夷馆类似于宾馆，分为金陵、燕然、扶桑、崦嵫四馆。来自南朝（江南地区）的人住金陵馆。三年之后，在归正里赐予其府邸。顺便提一下，金陵是南京的别称。

“北夷”当然是被安排住燕然馆了。三年之后，在归德里赐予府邸。“燕然”是一座山名，位于蒙古，唐代在塞北的都护府又称“燕然都护府”。

“东夷”住扶桑馆，之后会在慕化里赐予府邸。“西夷”住崦嵫馆，之后会在慕义里赐予府邸。

扶桑是东海中两树同根的神木，有时也指日本。王维赠阿倍仲麻吕的诗中有一句：“乡国扶桑外，主人孤岛中。”

崦嵫是山名，古人认为该山位于日落之处。当然，崦嵫在这里主要象征西方。

将来自四面八方仰慕北魏的人临时安排到四夷馆居住，如果确认其有永久居住的意向，就在“里”中赐予宅邸，这好像是当时的一个惯例。从《洛阳伽蓝记》来看，四夷馆好像是四栋馆舍，但它们之间距离非常近。所以，通常将四个馆作为一个地方来对待，统称为“四夷馆”。四夷里也是如此，虽然被分成归正、归德、慕化、慕义四个里，但估计它们相距不远，或许只有一墙之隔而已。

自南朝而来的人，估计有很多是政治流亡者，因为南朝不乏政治斗争，失败的一方通常会逃亡至北魏寻求庇护。南朝的齐国被梁国所灭，齐国的皇族亡命北方的应不在少数，齐明帝的第六子萧宝寅即是之一。他不住在四夷馆，即便是住过也是极短暂的。北魏在归正里赐予萧宝寅府邸。因萧宝寅贵为南朝皇子，所以北魏并未怠慢，封其为会稽公，这已属于特殊待遇了。但萧宝寅觉得与夷人住在一个区域是一种耻辱，所以申请去城中居住，并获得了北魏的批准。萧宝寅还娶了北魏的皇女为妻，估计这也是他能够住在城中的一个原因吧。他亡命于“夷”——北魏，而自己又被“夷”视为

"夷"，相信这是他无论如何也预想不到的。

四夷馆也好，四夷里也罢，在此居住的基本都是外国而来的亡命者、归顺者、贸易商人，将他们集中在一个区域非常便于管理。加之他们风俗相近，住在一个区域确实方便。北魏洛阳的居住区有多种成因，有根据出生地形成的，也有根据职业形成的。

洛阳西郊有一座中国最古老的寺院白马寺，其旁边有一个大市，大市就是大型市场的意思。据说这个大市方圆4千米，当年肯定是个繁华之处。大市之南是调音里、乐律里两个城区。从名字我们就可以知道，当年有很多音乐家曾住在这两个区域。大市之西是延酤、治觞二里，应该是从事造酒行业的人居住的区域。大市之北是慈孝、奉终二里，应该是从事殡仪行业的人居住的区域，如棺材商、灵柩车租赁从业者、唱挽歌者等。这些人就近居住的话，不仅相互之间联系方便，对生意也大有益处。

唐都长安没有为外国人单独划出一个坊里作为居住区。可以想象，祆祠（琐罗亚斯德教寺院）所在的醴泉坊、靖恭坊应该有不少伊朗人。但是这个坊里除伊朗人外，还有不少其他人居住。义宁坊建有大秦寺（基督教聂斯托利派的教堂），还有化度寺、积善尼寺（尼姑庵）等佛教寺院。根据

《洛阳伽蓝记》记载，义宁坊还有武则天女皇的女儿太平公主的府邸。这些坊中，长安本地人明显要多于“外来户”。

首都长安的情况是这样的，但开港的城市则有所不同。广州和泉州有难以计数的船只靠港停泊，很多外国商人居住在这些开港城市里，来航的船员靠港后也会上岸寄宿。从遣唐使的构成来看，当时船只的水手数量相当惊人。当然也有商人、水手与普通市民杂居的情况，但这些人更多的是在港口附近寻找一片方便的区域，然后自然而然地形成聚居，这样的区域就是所谓的“蕃坊”。

因为风俗习惯不同，杂居容易引起麻烦。长安的外国人一是人数比较少，二是长期居住的人以及移民二代、三代比较多，他们应该对中国的风俗习惯已经相当适应了。在开港地区，外国人的人数相对较多，而且不乏像水手这种要在一段时间内暂住的情况。

后来，日本的长崎也出现了专供外国人居住的“蕃坊”，该区域就是长崎的出岛，荷兰人称为“东洋的牢狱”。来到长崎的中国人最初与日本人杂居，后来中国人被强制聚居于一个叫“唐人馆”的地方。唐宋时期开港城市的“蕃坊”与德川时代长崎的出岛性质不同，幕府为了禁绝基督教而将荷兰人隔离于此，中国的蕃坊从某种意义来说也是一种隔离，但并不是因为担心伊斯兰教、基督教传教才这样做。广州还建有伊斯兰教寺院怀圣寺，采取的是信仰自由的政策。当局只是考虑这些人与汉民族生活方式不同，故而把他们集中在一个区域以便于管理。总体来说，“蕃坊”与北魏洛阳的四夷里颇有异曲同工之处。

根据记载，唐末居住在广州的外国人有十万之多。当时的蕃坊应该是一片非常大的区域。鉴真和尚乘船东渡时曾在海上漂流，所乘之船曾停靠在广州。鉴真和尚在《东征传》中写道，江中婆罗门（印度）、波斯（伊朗的旧称）、昆仑等所来船只数不胜数。

通商可以获取巨大利益。获得利益的不仅是外国人。“市舶”（朝贡以外的私人贸易）来做生意是要上税的。据说，当时对“市舶”征收的税金是一笔相当可观的收入。地方官将这笔收入揽入怀中，因为其数额惊人，以至于中央也要过来分一杯羹。

王锷曾任中唐时期的岭南节度使（广东一带的地方官）。他连续不断地给朝廷、政府要人赠送礼物，包括香料、玳瑁、象牙、犀角、珍珠、珊瑚等。王锷通过这些奢侈品来贿赂达官显贵，后来他一路高升，官至宰相。空海入唐时，此人正在扬州担任淮南节度使这一要职，相信空海和尚往返中日两国时，一定受到了王锷的关照。

扬州是大运河的起点，也是一个集贸中心。笔者估计往来扬州的外国商人不会太少。笔者去扬州时曾探访一处伊斯兰墓地，墓地是普哈丁的家族墓，墓碑上刻有阿拉伯语的墓志铭。墓志上称，普哈丁为默罕默德第十六世孙，为了传教而来到中国。现在，该墓地又称“普哈丁墓园”，据说有不少游客前来观光。可以推测，该墓地周围的区域应该就是蕃坊。

因为外国人能够带来巨大利益，所以他们应该算是当地人的“福神”，唐、宋、元时期他们都是备受欢迎的客人。据《宋史·食货志》记载，宋代曾派遣“内侍”（宦官）招揽海南诸蕃商人。史书还记载，因关税纠纷海外商人拒绝来华，朝廷命提举司严查事情原委。因为是招揽，所以给予其优待也是理所当然的，设置“蕃坊”也可能基于这种考虑。外国人集中居住于“蕃坊”里，这对他们的生意和生活来说都很方便。随着时代的发展，一些规则、规矩慢慢发生了变化，“蕃坊”逐渐形成了某种意义上的自治，而且这种自治得到了当局的许可。“蕃坊”地区开始设置“蕃长”，该职务一般由长期居住的外国人担任。重罪的话可能“蕃长”无权处理，轻罪的话蕃长可以自行裁决。

如此说来，“蕃坊”很容易让人联想到日后的“租界”。不知什么原因，“settlement”这个词在中国被译为“租界”，在日本则翻译成“居留地”。笔者认为，“居留地”这种译法确实要比“租界”妥当。幕末、明治初期的日本人将“败战”说成“终战”。这或许也能体现出他们的智慧——在语言感觉上的智慧。

鸦片战争后，中国被迫开港，日本也被迫开国。中国开港城市的租界和日本开国后的“居留地”都是不平等条约造成的结果。与唐宋时期的蕃坊不同，租界和“居留地”都不受欢迎，中日两国均力图撤销它们。

在租界和“居留地”，外国人享有治外法权，这对所在国的主权来说是一种赤裸裸的伤害。蕃坊中确有将轻度犯罪的审判权委任给蕃长的情况，但这种委任与治外法权不同，多少有一种“不懂尔等国家之风俗，小事你们就随便处理吧”的感觉。对于蕃长来说，贸易才是其本职工作，担任“蕃长”等于肩负了多余的工作。相信他们一定会觉得“蕃长”是一个苦差事。

近代中国，在接受“领事裁判”的概念时，一些高官甚至觉得将其委任给外国人是一件捡便宜的事。他们会想：“这些都是西洋人故意制造的麻烦，我们莫不如不接受什么所谓的领事裁判，就交给洋人算了……”据说，还有一些高官非常高兴地将领事裁判权让渡给了外国人，真不知道他们的肚子里装了多少历史知识。也许他们会想：“什么是领事裁判？不就是跟蕃坊一样吗？”

蕃坊中也有佼佼者，最有实力和名气的要数福建泉州的蒲寿庚（阿拉伯人或伊朗人的后裔）了。桑原骘藏对蒲寿庚进行过极其详细的考证。

清代广州有一个十三行街（现在仍有此地名存留），该地与长崎出岛相同，可以称得上“蕃坊”。二者也有不同之处，长崎出岛只是荷兰人专用的居住区，而广州的十三行街容纳各国人居住。在十三行街的外国人中，英国人的数量最多，这也是英国有东印度公司的缘故。广州和长崎都禁止外国人与妇人同居，难怪荷兰人将这个荒凉孤寂的小天地称为“远东的牢狱”。

比起长崎的出岛，广州要略胜一筹。广州虽然不允许外国人携妻子共同居住，但广州的附近有澳门。澳门是葡萄牙人的特别居住区，外国人只要将妻子安置在澳门，就可以随时去见面了。当时，广州和澳门之间的行程大概需要两天时间。离长崎出岛最近的荷兰据点是爪哇岛的巴达维亚[1]。从长

---

1 巴达维亚，印度尼西亚首都雅加达的旧称，1619年由荷兰人建成并设总督，作为荷兰在东方进行殖民统治的根据地。

崎到巴达维亚路途遥远，因此长途航行的荷兰人很难与妻子会面。

十三行街又称“夷馆”，在那里居住的外国人可以限期在周边活动。虽然当时是“禁教时代”，但清朝当局好像并不担心这些人会趁机传教，这一点与长崎出岛大不相同。

澳门是一个能够让十三行街的外国人歇口气的地方。刚才，我用了“特别居住区”这个含糊的词语来描述它。那么，澳门相当于“蕃坊”吗？

唐宋时期蕃坊的蕃长由外国人担任，但任命蕃长的则是中国政府。也就是说，蕃长虽为外国人，但本质上是中国的辅助性官吏。而清代的澳门则是由葡萄牙派遣总督管理。同时，清政府会向澳门派遣“澳门同知”这种官员。

当时的澳门是一块两属的土地。那么，为什么葡萄牙会获得特别居住权呢？有说法认为，葡萄牙为明朝消灭了周边的海盗，作为报酬他们获得了澳门的特殊权益。也有说法认为，这是与明朝“采香使”密约的结果。所谓“采香”是属于宦官的工作，任务是将龙涎香弄到手。龙涎香是后宫中高等级香料的原料。龙涎香其实是抹香鲸肠中形成的蜡状物质。据说，采香使若是弄不到龙涎香，就会受到惩罚，所以他们默许了葡萄牙人在澳门居住。作为交换，葡萄牙人则需每年向采香使提供龙涎香。当然，采香使的密约对朝廷是保密的。大明帝国的皇帝也没有工夫去理会这样的小事，毕竟澳门只是一个南海中的弹丸之地。

鸦片战争即将爆发前夕，英国的鸦片商人被赶出广州十三行街。这些鸦片商人去了澳门，想寻求葡萄牙当局的保护。清朝的钦差大臣林则徐让这些英国人写下保证书，发誓以后绝不带入鸦片。英国的商务官义律阻止了这件事情，他命令英国商人不得提交保证书。如果不能进行鸦片贸易，英国的对清贸易无疑会受到巨大打击。

接到拒绝提交保证书的通知后，林则徐命葡萄牙总督驱逐英国商人，葡萄牙总督遵从了林则徐的命令。

从这个事情来看，葡萄牙总督好像不敢违逆清朝钦差大臣的命令。

1887年，葡萄牙将澳门变为自己的领地，此时距鸦片战争已经过去了40余年。乘着列强瓜分中国的潮流，葡萄牙将既得利益通过条约的形式明确下来。

19世纪后半叶的“蕃坊”是以“租界”形式出现的，因为“租界”是不平等条约的产物，所以与唐宋时期的蕃坊本质不同。无论是中国还是日本，都对租界抱有深深的屈辱感。19世纪末日本成功地消除了“居留地”。明治三十二年

（1899）日本又成功地撤销了治外法权，而中国则是到了1940年之后才解决了这个问题。

日本的“居留地”实际上非常小。例如，神户的“居留地”只有四万坪。中国的上海可谓有一个巨型租界，面积大概有六百万坪。从规模来看，日本的“居留地”无法与中国的“租界”相提并论。神户“居留地”的居民大部分是外国人，而上海租界的居民大都是中国人。上海有共同租界和法租界。

治外法权问题对日本来说是一种耻辱，居留于日本的外国人不受日本法律管制，这就是治外法权的问题之所在。中国也面临着同样的屈辱，甚至居住在租界的中国人也不受中国法律的管辖。

租界分为共同租界和专属租界。上海的法租界，天津的日租界、英租界、意租界等都是专属租界。像这种专由某一个国家管辖的租界当时共有25个，专属租界的宗主国共有8个。因第一次世界大战，德国租界被撤销，俄国因发生了革命而放弃了俄租界。从中国的角度讲就是“回收”，这也是消除国耻的好机会。

没有美租界这种单独形式的租界，上海的美租界和英租界合在一起，属于共同租界。美国在中国没有专属租界，这也许是中国人对其抱有好感的原因之一。《南京条约》并未涉及英国鸦片贸易的内容，这么做的意图很明显——这是继续鸦片贸易的意思。没有言明是因为大家比较忌惮这样的内容出现在正式的条文之中。在1844年的《望厦条约》中，美国明文规定不保护从事鸦片贸易等非法贸易的美国人。对于痛恨鸦片贸易的中国人来说，当然会觉得美国比英国人道得多。

关于治外法权问题，《望厦条约》比《南京条约》规定得更为详细。也就是说，《望厦条约》是比《南京条约》更为“人道”的不平等条约。《望厦条约》首次明确提出了不保护鸦片贸易。由于这项条款及美国在中国没有专属租界，中国和美国之间建立了友好交往的基础。

旧金山和洛杉矶的唐人街和小东京等就相当于美国的“蕃坊”了吧。日本除了曾经的“居留地”以外，也有类似于“蕃坊”的地方。中国人在日本聚居形成了“南京町”，横滨的中国人聚居地叫“中华街”，而中国人则习惯自称为“唐人街”，这与旧金山的唐人街叫法是一样的。这些唐人街当然不享有治外法权，当地华人必须服从美国或日本法律。美国唐人街的犯罪发生率要远远低于全国平均水平，特别是在未成年人的不良行为、犯罪行为方面更为明显。

所在国的法律是需要遵守的。与此同时，这些生活在国外的移民也努力保持着自己的传统。唐宋时期的蕃坊恐怕也是如此，泉州、广州等地的蕃坊大概也尊重唐宋时期的法律。在尊重所在国法律的基础上，蕃坊内自定的规矩大概也具有很大的权威性。那些触犯法律的人，即便是没有得到国法的制裁，也会受到蕃坊的惩罚。我本人生活于华侨社会，在我所在的环境中，如果有人违背信义，那么将会尝尽苦果。人们会拒绝同背信弃义的人交往，也不会同这样的人做生意。这种情况颇似日本的“村八分”。现在的社会形态和人们的生活方式都逐渐多样化了，原来的情况发生了很大的变化。

集体内部的约束和制裁或许是华侨社会中犯罪率低的原因之一。

民族不同风俗习惯也不一样，各民族对某一特定事物的评价也不尽相同。“蕃坊”是相对封闭的小社会，里面也会产生特有的风俗。或许“蕃坊”内比外部更容易产生特质的东西。无论是“蕃坊”内还是外，人的基本生活模式都是一样的。不一样的地方虽然很引人注目，但毕竟只占很小的一部分。

超越政治体制的差异之后，人们的意识正逐渐向统一化方向发展，有些观点也将这种倾向称为“同质化”。时装也是如此，在世界很多地区人们的穿着打扮越来越“整齐划一”。无论什么都一模一样，这未免有些太无聊了。反对统一化的声音也是此起彼伏，正逐渐为人们所认可。如果大家都觉得“和别人都一样太无聊了”，其实也是一种意识的统一化，而这种“统一化”会衍生出“多样化”来。

“蕃坊”和“租界”早已消失在历史的尘埃之中，与其相近似的东西——唐人街等已与当地社会融合在一起。虽然有的唐人街表面上看还有些特色，但大多是为了吸引游客罢了。

尽管如此，我并不认为“变了形的蕃坊”会越来越多。新的“蕃坊”应该是超越民族的、超越种族的。在东京这种巨大的城市群中，我们倒是遇到了类似“蕃坊”的地方。在上了年纪之人的眼里，被年轻人占据的地方有些令人不快，他们会说：“看到这些家伙简直就像看到了老外一样。”当年广州、泉州的本地人看到充满异域风情的蕃坊也会产生类似的想法吧。

后 记

辑录这本书时，我决心要放松地、自由地、信马由缰地编写。但过于散漫也不好，所以就尽量选取民族及其背景下的思想、信仰、风俗等作为主题。不过，我仅仅是选了这些主题而已，并没有下结论的意思。尽管如此，本书还是不可避免地流露出浓厚的“宽容礼赞”的色彩。我们生存的地球上居住着为数众多的民族，而且与各民族接触的机会也在迅速增多。如果没有对事物和人的宽容，地球上的人类就无法生存下去。宽容源自理解，而理解并非是与生俱来的。